Karl Ulrich Lippoth

Sand

AF221410

Karl Ulrich Lippoth

Sand

Erzählung

Bibliografische Information der Deutschen Nationalbibliothek:
Die Deutsche Nationalbibliothek verzeichnet diese Publikation in der Deutschen Nationalbibliografie; detaillierte bibliografische Daten sind im Internet über http://dnb.dnb.de abrufbar.

© 2020 Karl Ulrich Lippoth

Herstellung und Verlag: BoD – Books on Demand, Norderstedt

ISBN: 9783751967662

So, jetzt wird es aber Zeit. Wo waren wir noch?

»Sandig war es hier schon immer«, hast Du gesagt, vielmehr gelallt, als ich darauf bestanden habe, dass Bodo – zumindest in diesem Punkt – nicht spinnt: Ja, wir versanden hier oben im Wald. Im Haus sieht es aus, als sei der Sand zum Reinemachen ausgestreut worden, und die Sandadern ziehen sich inzwischen bis in den Garten… aber wir waren alle zu betrunken, um bei einem Thema bleiben zu können, und eigentlich ist das auch gut so. Man sollte immer eine Flasche Schnaps wider die Obsessionen im Arzneischränkchen haben.

Aber jetzt will ich obsessiv werden, Thomas, bitte nicht erschrecken. Du wartest auf ein paar Sätze, wartest und wartest, und jetzt bekommst Du so ein Notizbuch, von hinten bis vorne vollgekritzelt, obsessiv, mit dem Gestus des Verschworenen… übrigens, ich fange ja eben erst an und weiß noch nicht, wie voll es wird. Jedenfalls wirst Du, fürchte ich, wenn Du das hier mit gewohnt verächtlichem Ausdruck in der Hand hältst, eher an ein Symptom der Ansteckung denken als an die Deutung, die ich angekündigt habe. Keine Angst, es ist nur das, was Du erwartest kannst, in Fortsetzung der familiären Weihnachts- und Weltuntergangsbehaglichkeit, nur ohne, dass Luzia ständig dazwischenquakt und auch pessimistisch sein will. Und es war ja auch wieder viel Suff im Spiel. Zudem: Inzwischen war Bodo noch ein zweites Mal bei mir und hat der ganzen Angelegenheit noch einen Dreh gegeben, so ein gewisses Extra... Du wirst ja sehen. Also will ich nun doch ganz ausführlich sein. Nicht erschrecken also, wenn ich so ungewohnt auf Papier daherkomme. Papier ist einfach dauerhaft. Nimm es als Beweis, dass ich vielmehr nicht ganz so pessimistisch bin wie Du. Du glaubst ja, dass es erst unsere Kinder treffen wird, und uns noch nicht... Irrtum, Kleiner: Es trifft uns, mit voller Härte, rechtzeitig zu Lebzeiten.

Aber im Gegensatz zu Dir glaube ich immer noch an ein Danach, an ein Weiter, nur wird dann am Ehesten noch Papier Bestand haben, wie es seit jeher besteht und alle Zeugnisse von uns bewahrt, aber kein Magnetband, kein Solid State-Speicher, nichts. Und nein, das ist keine Abkehr von den Maschinen, und ich setze mir keinen Aluhut auf, und alles ist wie gehabt. Du kannst Dich ja davon überzeugen, indem Du einfach mal zum Handy greifst: Siehst Du? Bin zugegen. Oder Du kommst mal wieder heim und überzeugst Dich. Das predige ich ja ohnehin ständig: Setz Dich ins Auto, nimm die gute alte F96 (oder B96a, ich kann mich nicht daran gewöhnen) und überzeug Dich selbst.

Wo waren wir stehengeblieben? Ausgerechnet Bodo! Reichen zwei kaputte Ehen und vier Kinder mit Schulproblemen hin, um aus einem Chefarzt einen Scharlatan und Geisterseher zu machen? Und ausgerechnet Bodo, der uns schon mit seiner Zähigkeit, seinem Machtanspruch auf die Nerven ging und der Monstranz des Befehlens und Verantwortens, als wir klein waren und lange noch keine Menschenfeinde? Du sagst Ja: Im Unglück war er schutzlos, und da hat es ihn erwischt und konnte sich rasend schnell zur Krise entwickeln. Ich sage Nein. Er ist seinem Vater nicht auf die Schliche gekommen, eines Tages, und der hat sich ihm offenbart, noch eben rechtzeitig auf dem Sterbebett, bevor die Stimme versagt. Das ist Kitsch. Ich sage: Der hat ihn seit Jahren begleitet, und es hat sich langsam ihn ihm festgefressen. Es wird mit diesen harmlosen Ärzteheimlichkeiten zwischen Vater und Sohn angefangen haben, hermetischen Gesprächen mit medizinischen Floskeln über gleichgültige Dinge wie apallisches Syndrom oder Schlafparalyse. Aber es ist ein magisches zweites Denken daraus geworden, ein Denken neben dem ersten Denken, das im Alltag nur durchblitzt, wenn er versucht, ironisch zu sein. Das konnte er noch nie und klang entweder verbittert oder albern, aber jetzt ist da was anderes... und wehe, wenn er ins Reden kommt! Weißt Du, ich versuche jetzt gar nicht erst, das irgendwie zu benennen (durchgeknallt) oder zu deuten (vor die Hunde gegangen), ich schreibe erstmal auf, was ich von seinen Besuchen erinnere.

Ja, sandig war es immer schon hierherum. Aber dieses Jahr ist es sandiger geworden, soviel steht fest. Du warst den Sommer über nicht hier, Angst vor Waldbrand, und bist Weihnachten auch kaum vor die Tür gegangen, bloß mal runter zur Briese, um Dich zu überzeugen, dass die Biber wirklich trockenen Fußes in ihren Bau kommen, weil das Wasser fast weg ist. Und dann bist Du wohlig bangend ins Haus und zum Tee zurückgeschlurft. Aber schon dabei hast Du Dir die neuen hellen Stoffschuhchen ruiniert (wer trägt denn sowas auch!): Das ist dieser feine Staub, dieses pulverisierte Gemisch aus Sand und Mutterboden, das es früher nicht gab. Das macht die Dürre. Kein Wasser seit dem Februar letzten Jahres, die paar Novembertropfen nicht gerechnet, die in den ausgelaugten Böden verschwanden, als wären sie gar nicht erst unten angekommen. Aber noch sitzen wir wie immer im Wald, nicht in der Steppe, und die Gartenabfälle müssen weg. Ich habe also die Säcke ins Auto gewuchtet – alle bis auf den mit den Eicheln, liebevoll zusammengeharkt, den wollte Deine Patentochter behalten, um den Wildschweinen eine Fährte hier zum Haus zu legen. Dabei kann man Eicheln doch umsonst abgeben… Also, ich bin zur Deponie rübergefahren, habe abgeladen, bezahlt, war kurz in Versuchung, ein paar Säcke Mutterboden aufzuladen, den ich über den Sand im Garten streuen könnte, habe aber widerstanden: Man soll im Untergang mannhaft bleiben. Aber gegenüber auf den Friedhof bin ich noch kurz, auch wenn ich keine Blumen oder sonst hatte – kurz mal nach dem Rechten sehen… Am Eingang stand so ein Elektroschlitten… da wusste ich noch nicht, dass es Bodos war.

Er stand vor Onkel Jeans Grab und hielt die Hände über dem Kopf zusammengeschlagen, als sei er bestürzt. Vielleicht war er bestürzt, wie liebevoll und akkurat wir hier die Gräber pflegen, auch das seines Vaters. Im übrigen… Du hast ihn ewig nicht gesehen, oder? Er sieht aus wie immer: untersetzt, muskulös, Honoratiorengesicht. Die Glatze fein poliert, der Haarkranz akkurat frisiert und grau, sehr hell und grau. Bald wird er einen schmucken weißen Haarkranz haben, und endlich wird sein Honoratiorengesicht zum Rest der Erscheinung passen. Noch ist er zu jung für sein Gesicht, noch… Ich weiß gar nicht, wie er mit dem Gesicht Kinder gemacht hat. Mit so einem Gesicht arrangiert man die Ehen der Kinder, aber man macht keine. Mit so einem Gesicht regiert man ein Großklinikum. Wahrscheinlich gerät ihm Wohlwollen zur Geilheit, so wie die Saftlosigkeit des Alters

Tatendurst zur Verfressenheit degeneriert, und wie die Macht Verantwortung zu Willkür und Willkür zu Niedertracht und Niedertracht zu Tücke verkommen lässt – und dann stürzt er zu den Weibern!

Nun, natürlich schlug er die Hände nicht über dem Kopf zusammen, weil Onkel Jeans Grab so ordentlich war… es standen sogar fast frische Schnittblumen da, aber die waren nicht von uns, und sie waren zu angegangen, als dass er sie gebracht haben könnte… wahrscheinlich war Thea neulich da. Da hat sie ihn wohl angerufen – »Junge, geh doch mal wieder« – ihre anderen Söhne kommen ja noch viel weniger zum Friedhof. Nein, Bodo schlug die Hände über dem Kopf zusammen, weil das Grab so versandet war. Ja, versandet. Mir fällt das nicht mehr so auf, weil ich oft dort bin, dennoch… Für gewöhnlich muss man etwas im Boden schaben, mit dem Absatz oder mit den Fingernägeln, bis man zum helleren Sand kommt. Obenauf ist er immer graubraun schmutzig, kein Wunder – ist ja ein Waldfriedhof. Von Bäumen fällt was runter. Anderswo ärgert man sich darüber, sägt alles um, was höher als über die Knöchel reicht, lässt sich Rollrasen legen und asphaltiert drumrum. Hier stehen halt Bäume. Aber Jeans Grab sieht aus, als hätte jemand eine Karre Sand ausgeschüttet, fein säuberlich außen herum, wie man ihn für den Sandkasten bestellt, weil der Sand im Boden hier nicht gut zusammenbackt, wenn man ihn wässert. Selbst ich kaufe Sandkastensand und buddle ihn nicht hinterm Zaun aus. Steppensand verweht, daraus baut man keine Burgen. Und es sieht sogar so aus, als quelle der Sand hinter der Umfassung seines Grabes hervor und riesele dann nach außen. Die eigentliche Grabfläche ist ganz sandfrei, da wächst dieses, jenes, tief in brauner Erde. Aber an den

Rändern – Sand. Außenherum – Sand. Heller Sand. Reiner Sand. Man möchte sich hinsetzen und ein Förmchen nehmen... und ich bin mir unsicher, ob diese Sandstelle nicht doch größer wird. Aufgefallen, so nebenbei, ohne etwas Böses zu denken (außer: Verfluchte Versteppung!), ist es mir ehe schon, aber jetzt bin ich unsicher geworden, ob die Sandstelle nicht wächst und wächst. Ich will darauf achten. Im Moment reicht sie an Papas Grab nebenan, auf der anderen Seite bis zu der Kiefer dort (die man so gut hochklettern kann), und hinter dem Grab geht es weiter bis zur nächsten Reihe: Oma, Uroma, Opa Klug... Du darfst Dir diese Sandstelle nicht irgendwie rund vorstellen. Sie streckt ihre Fühler aus, treibt Sandzacken vor, die eilends nach vorne streben und gemächlich ins Breite rieseln. Dabei weichen sie Bodenunebenheiten aus, wie Wurzeln, größeren Steinen, während kleinere Dinge, Zapfen, Nadeln, mitgenommen, nach außen getragen und dort abgeladen werden. Eigentlich verhält sich diese Sandstelle wie Eis. Eiszeiteis. Weichseleiszeit, Elstereiszeit, glaziale Rinnen, Schüttsand. Der Boden erinnert sich noch gut. Stell Dir die Sandstelle wie eine Windrose vor; eine, die wuchert.

Da stand er und traute sich nicht weiter. Ich bin eigens einen Bogen gegangen, um nicht von hinten an ihn heranzutreten, und habe mich bemerkbar gemacht, sonst wäre er wohl vor Schreck gestorben. Als er mich erkannte, vollführte er ein paar fahrige Bewegungen, als wollte er mich warnen, näherzukommen, ich weiß es nicht. Es waren nur Ansätze zu Gesten, rasch abgebrochen. Als er sah, dass ich im Sand stand und nichts passierte, kam er zu sich.

Mühevolle Konversation, lange nicht gesehen. »Wie toll Ihr das hier pflegt! Thea war auch ganz beeindruckt…«

»Ja, wir Waldmenschen…« Ich kann es nicht leiden, wenn Männer ihre Mütter mit Vornamen nennen.

»Das ist viel Arbeit…« Arbeit klingt bei ihm wie ein Sehnsuchtswort: Sonnenuntergang, Eiscreme am Strand.

»Naja, Dürre macht auch Unkraut dürrer.«

Und so weiter, bis wir vor dem Tor standen. Dort noch ein Witzchen über das Elektroauto (»Randvoll mit Kohlestrom«), und das angesichts meines Waldmenschentrucks. Sehr unangemessen, aber das ist so seine Art. »So ein Auto hätte ich neulich nach dem Sandsturm gebraucht«, fuhr er fort, »um durch die Verwehungen zu kommen.« Lange Pause, ich habe abgewartet – soll er seine dämliche Pointe doch selber aufsagen… und richtig: »Sandsturm im Wald. Auf was für Ideen das Wetter heutzutage kommt! Aber das war nicht das Merkwürdigste. Das Merkwürdigste war: Nachher zog sich so ein schmales Dünenband genau entlang der Wasserscheide… der Elbe-Oder-Wasserscheide! Hat einer vom Wachschutz erzählt, der die Gegend genau kennt… Schon eine Ironie, dass man jetzt genau solche Autos braucht, die vorher das Problem waren.« Ich musste grinsen, aber aus Verachtung, weil er sich wirklich nicht zu gut war, den Stich zu machen. Immerhin war er mir jetzt so unangenehm, dass ich ihn nicht einfach wegfahren lassen konnte. Sonst wäre das leicht ein letzter Eindruck gewesen: Bodo… oh, der ist unangenehm geworden… den will ich nicht sehen… Da habe ich ihn lieber eingeladen mitzukommen. Im stillen grünen Arbeitszimmer dann, beim Schnaps, kamen bald die Klagen über seine Ex-Frau – lauter schmuddelige Vertraulich-keiten, weil er sich vertraut fühlte. Das schafft Nähe, wenn sie einem auch unangenehm ist. Und er ist's Trin-ken nicht gewohnt und verliert schnell die Contenance. Aber er hält sich ja in Form und rennt und schwimmt, da schafft er es gelegentlich dann doch, einigermaßen ausdauernd zu trinken.

Hast Du mal mit jemandem (außer mir und Luzia) über Jeans Tod gesprochen? Ich nicht. Nicht mit Bodo, nicht mit den anderen. Das heißt: Mit mir hat noch nie jemand darüber gesprochen. Ich bin ja gut erzogen und dränge niemandem zu erörtern auf, wie sein Vater ein-schrumpelte und verfiel. Die Grabreden damals haben Luis und Emil gehalten. Vielleicht erinnerst Du Dich: Hilflos zusammengesuchte Episoden, haltlos stilisiert. Jean, der Kraftmensch; Jean, der Musikfreund; Jean, der Feingeist; Jean, der Forscher; Jean, der Sportsmann… wobei Emil wie gewohnt noch hilf- und haltloser war als Luis, der bei jedem anderen als seinem Vater gnadenlos die Summe gezogen hätte: Jean, der über sich hinaus-wollte, koste es, was es wolle. Wie dem auch sei: Von seinem jahrelangen Einschrumpfen – kein Wort damals.

Und auch jetzt nicht, auch von Bodo nicht. Als er von Jean zu sprechen begann, fing er von hinten an, mit der Zeit, als Onkel Jean noch alles gelang, als er die Waldkli-nik aus dem Boden stampfte (beziehungsweise aus der Poliklinik der Staatsführung hochzog), reich wurde, mit seinen Jungs Fußball spielte wie ein Bescheuerter, mit ihnen soff, Karten drosch und lauter johlte als der jäm-merlichste Halbstarke. Er fing von hinten an und ging dann weiter nach hinten (sie haben alle eine heilige Scheu, von seiner Eintrocknung zu reden, ein Grauen. Es schreckt sie davor zurück, als erhöbe sich gleich ein

14

Golem aus dem Sand): Damals, in der Waldsiedlung, als er die geheimnisumwitterte Koryphäe der Staatsführung war, der zauberkundige Leibarzt, der sie alle im Leben erhielt, diese kaputte Elite, diese zerrütteten Typen und ruinierten Arschlöcher… Siehst Du, und da hatte ich genug. Da bin ich dazwischengegangen. Muss ich mir diesen treuherzigen Schmu anhören? »Selber schuld, wenn man eine ungebildete Frau heiratet…«

»…damals, als Papa… als Jean…« Er wurde so weinerlich.

»Wann genau fing das eigentlich an«, habe ich ihn also gefragt, ihn als Arzt sozusagen, »dass er immer kleiner wurde?«

Antwort: Ein langes, angetrunkenes Stieren.

»Wann fing das Verschwinden an? Als er die Klink verkauft hatte? Als er merkte, dass er über den Tisch gezogen worden war? Später? Früher?«

»Früher. Viel früher.«

Bodo musste sich sichtlich überwinden. Ich erspare Dir die Schilderung seines Gewürges, die andeutenden, verschluckten Halbsätze. Er tigerte vor meinem Bücherschrank herum, dem zugesperrten an der Stirnseite, stammelte, suchte etwas. Dann brach es los. Dann kam der Schwall.

»Da ist sie. Da! Die Schachnovelle. Stefan Zweig… Klar, Du hast sowas rumstehen… Warum ist der Schrank zugesperrt? Hast Du mal den Schlüssel? Bitte…«

»Der Schlüssel liegt in der Briese. Erziehungsmaßnahme. Da im Schrank steht das Feingeistige, das subtile, difficile Zeug von früher. Braucht kein Mensch für das, was uns bevorsteht. Wenn Julchen da irgendwann mal dran will, muss sie schon den Hammer nehmen. Bis sie dazu den Mumm hat, bleibt der Scheiß hinter Glas.«

Er war kein bisschen irritiert, hatte gar nicht zugehört, glaube ich.

»Du hast genau dieselbe Ausgabe: Inselbücherei Leipzig. Die Schachnovelle und andere Erzählungen. 1977. Papa las sie ´83, im Oktober, danach lag das Buch immer oben auf seinem Schreibtisch in der Praxis im Klubhaus. Damals fing das an.«

Wenn ich Schwall sage, impliziert das eine gewisse Unordnung des Geschwallten. Bodo hat sehr ungestalt gesprochen, ich konnte ihm kaum folgen. Immer wieder sprang er hin und her, da war vom MfS die Rede, dem Zentralen Medizinischen Dienst in Buch, von Isolationsfolter, dann wieder von Nazis, Numerologie, was weiß ich. Da ich seit Bodos Besuch damit beschäftigt bin, den Wust zu verstehen, mache ich gar nicht erst den Versuch, seinen Erguss zu protokollieren. Ich will auch keinen Ekel erregen. Ich wische alles auf und wringe den Lappen aus, schreibe also ordnend. Ordentlicher wird die Sache dadurch ohnehin nicht.

Erinnerst Du Dich an die alte Geschichte, wie Harry Tisch im Bademantel vor Theas Haustür stand und schrie: »Wo ist mein Arzt? Wo ist mein Arzt?« Mit der Anekdote sind sie der Angst zu Leibe gerückt, weil Jean drei Tage lang wie vom Erdboden verschluckt war, und weder Thea noch Harry Tisch wussten, wo er war. Darum haben wir immer höflich mitgelacht, obwohl die Geschichte natürlich prätentiös und renommistisch ist, wie alle Geschichten Onkel Jeans. Bodo sagt – und diese Fortsetzung kannte ich noch nicht – Jean habe dann nach seiner Rückkehr zu Harry Tisch nur zwei Worte dazu gesagt, wo er abgeblieben war: »Buch. ZMD.«

Woraufhin Tisch geknurrt habe: »Erich, die Sau.« Erich wie Mielke. Und das hat halt all die Jahre niemand gewusst. Die drei geheimnisvollen Tage: Da ist Jean in Buch drüben gewesen, beim Zentralen Medizinischen Dienst des MfS. Hat abends einen Anruf bekommen, musste noch mal los – so weit nicht ungewöhnlich – und wurde abgeholt. Das war ungewöhnlich. Dann war er drei Tage weg, offenbar in Buch, wo er sich irgendeinen besonderen Patienten ansehen musste. Er hatte ja so seinen Ruf, flüsterte Harry Tisch den Blutdruck runter, besprach Mielke die Warzen unterm Fuß und schrieb sein ›Handbuch der Suggestologie‹, das man ihm später, als er sich damit habilitieren wollte (herrlich abgezockte Idee), um die Ohren gehauen hat: Scharlatanerie. Aber die Staatsführung ist halt nicht die Fachwelt, und da sollte er sich diesen besonderen Patienten also unbedingt ansehen, der Suggestologe der Waldsiedlung, dringend. Bodo sagt »Patient Null«, ärztlich knapp: Pat. Null.

Von Pat. Null will Bodo bei seinem ersten großen Streit mit seinem Vater erfahren haben. Hätte nie für möglich gehalten, dass die überhaupt aneinandergeraten wären, so folgsam und musterhaft Bodo sich immer aufgeführt hat, aber es muss später sogar noch einen zweiten, schärferen Streit gegeben haben, nach dem das Verhältnis dann zerrüttet war: Jean unversöhnlich. Das war, als Jean von Bodos Absicht erfuhr, ans Wachkomazentrum zu gehen – sein Wachkomazentrum, obwohl er sich damals schon aufs Altenteil zurückgezogen hatte und nur noch im alten Wächterhäuschen ordinierte, ein Schatten seiner selbst: Die Spukgestalt vom Waldklinikum, Onkel Jean. Einmal pro Woche musste man das Häuschen aus dem Sand ausgraben, sagt Bodo, schon damals, als von Versteppung und Klimakatastrophe noch keine Rede war; als man noch keinen Truck brauchte, um durch den Sand zum Friedhof zu kommen und Reste eingegangener Bäume säuberlich bei der Sammelstelle für Gartenabfälle zu entsorgen, die Ladefläche voller Gestrüpp.

Aber auch beim ersten Streit soll es um Berufliches gegangen sein – gewissermaßen, ich glaube nicht, dass es Wahnvorstellungen beruflicher Art gibt, aber sei's drum – nämlich um Bodos Entscheidung, seinen Facharzt in Neurologie zu machen. Seit dem ersten Tag seines Studiums führte Bodo ja diese Arzt-Sohn-Gespräche mit Onkel Jean, schöne lateinische Phrasen: Stichwort – wissendes Nicken – Stichwort – wieder wissendes Nicken – neues Stichwort – bedachtes Wägen: Jean mit seiner Vorliebe für das Hermetische, Bodo voller Stolz auf die Auszeichnung der Zulassung in den erlauchten Kreis der also Brabbelnden. Aber dann rumste es: »Warum willst Du Neurologe werden? Warum? Ich möchte den Grund wissen!«

Bodo druckste herum, erging sich des Langen und Breiten, blieb im Allgemeinen: Gutes tun, helfen, heilen, sowas, im Nachsatz: Karriere. Kann's mir lebhaft vorstellen. Das machte Jean nur noch wütender: »Aber warum? Warum Neurologie?« Was Bodo von sich gab, war entweder unbedarft (war es, sagt Bodo), oder es waren Ausflüchte. Beides unschön. Also sagte Jean ein paar Takte zu Pat. Null, entweder (denke ich mir), um Bodo auf die falsche Fährte zu locken, indem er ihn auf die richtige führt, aber nur ein Stückchen weit; oder, um ihm die Naivität auszutreiben. Oder er hat einfach seinem Hass auf die Fachwelt Lauf gelassen, die ihn damals schon in die Ecke gestellt hatte. Bodo meint, in der

›Suggestologie‹ sei es vermutlich weniger um Mielkes Warzen als um Pat. Null gegangen, das Buch sei aber nicht mehr auffindbar. Wahrscheinlich hat Jean alle Exemplare vernichtet.

Pat. Null also. Jean erzählte Bodo damals, was er beim ZMD in Buch vorgefunden hatte: Einen Mann, recht jung noch, den Jean zunächst für einen x-beliebigen Regimegegner hielt: Warum sollte sich sonst das MfS mit ihm befassen! Dieser Mann war im Bett fixiert, der Schädel war rasiert und mit EEG-Kontakten bedeckt. Die Hirnaktivität wurde permanent aufgezeichnet, Tag und Nacht. Diese ganze Verkabelung habe Jean eindringlich geschildert, sagt Bodo. Und: »Wir haben heute ja ganz andere Verfahren, aber ein Mensch in der Röhre sieht halt nicht so verstörend aus wie einer mit 95 Kabeln am Kopf.«

Man verabreichte Pat. Null Medikamente, Drogen, Stromstöße, alles in der Hoffnung, ihn zum Reden zu bringen, besser: Ihn zu deutlichem Reden zu bringen, denn der Mann redete ununterbrochen, aber unverständlich: Worte, Worte, und eins passte nicht zum anderen. Vielleicht war es Abwehr, die es zu brechen galt, vielleicht völlige Dissoziation, aus der man den Mann heraushaben wollte, ein permanenter psychotischer Schub. Der ZMD war ratlos und holte den Suggestologen der Waldsiedlung, Onkel Jean. Gut so, der hatte es gleich: Pat. Null, sagte Jean, spreche nicht mit einer Stimme, sondern mit Dutzenden, hunderten, und seine Rede sei wie »das Summen im Bienenstock«. Und nun müsse man halt versuchen, eine Stimme herauszufiltern.

Imposante Schlussfolgerung, nicht wahr? Wie auch immer, das Wunder fiel aus, das Auskürzen der Stimmen durch Jean, der dem Weh sagt: »Vergeh«. Es war zu spät, so Bodo nach Jean. Nach drei Tagen stellte Pat. Null das Reden ein und lag nur noch da. Wachkoma. »Neurologen«, so Jean zu Bodo, damals, mit Abscheu, »Menschenversuche, Quälerei, Zynismus. Beim MfS sind sie schlimmer als die Nazis.«

Pat. Null und die Verantwortungslosigkeit der Neurologen. Mehr hat er damals nicht rausgerückt, nur dies noch (sagt Bodo): »Wenigstens konnte ich ihn da rausholen. Ich kümmere mich hier um ihn, hab ihn mir aufgehalst. Das hat seinen Preis, glaub mir. Und mein Sohn will Neurologe werden…«

Voilà. Hörst Du die Nachtigall? Sogar Bodo hörte sie trapsen. Der geheimnisvolle Mann im Wachkoma in der Poliklinik der Staatsführung zu Wandlitz? Aus schierer Menschlichkeit dort wohlverwahrt, und weil Onkel Jean fand, man habe da an dem Menschen etwas gutzumachen? Hoho. Dann kam die Wende, und Jean zog in der kleinen Poliklinik ein Großklinikum auf. Aus dem Extrazimmerchen mit dem Typen im Koma wurde das Wachkomazentrum, und Pat. Null wurde Pat. Null, Zimmer 13 – das es aber offiziell nicht gibt: Kleines Zugeständnis an den Aberglauben der Angehörigen. Koma ist schon schlimm genug, und dann auch noch Zimmer 13? Nein. Zimmer 13 gibt es nicht, Zimmer 13 ist ohne Nummer hinter der Besenkammer verborgen. Das ganze Riesenwerk Onkel Jeans: Alles um Pat. Null herumgebaut. Er ist der Anfang, die Keimzelle, aus der alles hervorgewachsen ist.

Bodo aber beteuert: Als er sich auf die Neurologie warf, hatte das nichts mit Pat. Null zu tun. Er beteuert: Als er ans Wachkomazentrum ging, hatte er Pat. Null schon fast vergessen und sicher nicht vor, ihn seinem Vater wegzunehmen.

Nun also. Pat. Null in Wandlitz, und auf dem Schreibtisch Onkel Jeans tauchte die Schachnovelle auf, zerlesen, gespickt voll Notizzettel, die zwischen die Seiten geschoben waren – irgendwelche Notizen Jeans. Er war ja ein Mann der Liebhabereien, und das war so eine, gleichgültig eigentlich, und jahrelang schien es damit ja auch nichts weiter auf sich zu haben, bis Jean sich zuletzt ins Wächterhäuschen zurückzog, kaum noch Patienten empfing, so wenige, wie irgend möglich – denn trotz des Klinikverkaufs war er nicht steinreich, sondern bettelarm, und niemand von uns hat je verstanden, wie das hatte zugehen können – und so viel Zeit wie möglich seiner Altersliebhaberei oder aufgeschobenen, aufgesparten früheren Liebhaberei widmete, eben der Schachnovelle. Genauer: Ihrer »Urfassung«, die Jean »finden« wollte... oder »freilegen«. Ich setze das nicht in Anführungszeichen, um mich darüber lustig zu machen. Es sind, nach Bodo, Jeans Worte für das, was er vorhatte oder auch tat. Sie bedeuten aber etwas anderes, als man denken möchte. Urfassung – da denkt man an den Urfaust, also ein Buch, das der späteren Fassung des Fausts schon eng verwandt ist, wenn es auch noch stark überarbeitet wurde. Bodo zufolge meinte Jean aber etwas anderes, wenn er von der »Urfassung« der Schachnovelle sprach: Ein Werk, das zugleich mit der Schachnovelle entstanden sei (oder mit ihr zusammen), aber inhaltlich nichts, gar nichts damit zu tun habe und auch nicht von Zweig stamme. Die Schachnovelle sei gewissermaßen ein Nebenprodukt jenes anderen, von Jean »Urfassung« genannten Buches, ein zweites und zweitrangiges, aber gleichwohl Bedingung der Entstehung der »Urfassung«. Klingt dunkel? Ist es auch. Aber jedes Rätsel hat die Auflösung, die es verdient, und in diesem

Falle heißt das: Sie ist völlig hirnverbrannt. Bekloppt. Ich finde keine Worte dafür. Ich bitte Dich nur um ein wenig Geduld, dann wirst Du sehen, warum ich den Untergang des Abendlandes viel eher erwarte als Du: Wir verblöden uns zu Tode, und so rasant, dass es ganz unerheblich ist, ob wir inzwischen im Sand ersticken.

Als Bodo auf die Schachnovelle zu sprechen kam, sprang er auf und tigerte vor meinem Bücherschrank auf und ab. Er konnte es nicht ertragen, dass der Schrank verschlossen war. »Und Du hast wirklich keinen Schlüssel? Das hast Du doch nur so gesagt vorhin…, dass Du ihn in den Bach geworfen hast. Ist der nicht ausgetrocknet? Dann könnte man ihn doch suchen. Hast Du einen Metalldetektor im Haus? Oh, aber nein, der Schlüssel liegt sicher dort im Schreibtisch, Mittelschublade…«

»In der Schublade sind Bücher. Mein Handapparat für den Menschenfeind: Molière, Juvenal, Wilhelm Busch.«

Ich hätte auch einfach nichts sagen können. Er tigerte schon wieder vor der Glastür herum. »Sieht wirklich so aus wie Papas… Jeans Ausgabe der Schachnovelle. Nur die Zettel fehlen, aber es gab auch Notizen und Anstreichungen im Text. Ich würde wirklich gerne einmal nachsehen…«

Und so weiter. Und so weiter. Er quasselte so vor sich hin. Ab und wann ein verlegenes Glucksen, wenn er bemerkte, wie albern seine Aufführung war, und dann vollführte er so eine Art selbstironischen Hopsers mit seinen zwei wohltrainierten Beinen… so einen Hüpfer mit Drehung… vielleicht hat er sich auch da schon nach etwas umgesehen, einem Werkzeug, mit dem er die Scheibe einschlagen könnte. Wurde richtig manisch. Stell Dir vor: Bodo, manisch. Man muss aber auch sehr bohrend, verschworen und zwanghaft denken, wenn man Jeans Hinterlassenschaft bei mir im Schrank vermuten will. Weißt Du noch, wie Luis, Bodo und Emil sich damals draufgestürzt haben, weil sie endlich wissen wollten, wo der ganze Waldklinikreichtum abgeblieben war?

Immerhin: Das Buch in derselben Ausgabe dort hinter Glas im Schrank – das war schon fies. Mir kam es selbst so vor, als sähe ich das Buch auf Jeans Schreibtisch vor Augen, voller Zettel, zerfleddert…

Bodo sagt, er habe in den Jahren zwischen den Zerwürfnissen viel mit seinem Vater gesprochen, sowohl über Pat. Null (manchmal, immer seltener) als auch über die Schachnovelle (zunehmend häufig, zuletzt ständig), aber nie über einen Zusammenhang zwischen beidem. Was sollte das auch für ein Zusammenhang sein: Jean kommt von der Arbeit, Jean liest ein Buch? Auf den Zusammenhang sei Bodo erst nach Jeans Tod gekommen, beim Nachdenken über Pat. Null in der 13, der sich in seinem Zustand so erstaunlich gut konserviert hatte, dass es – bei der Diagnose – mit hingebungsvoller Pflege allein kaum zu begreifen war.

Aber Pat. Null hat ja schon Rätsel aufgegeben, bevor er ins Wachkoma fiel. Der erste Verdacht, sagt Bodo, kam Onkel Jean gleich, als er ihn fragte, wie alt er sei – damals in Buch. Antwort: »Sehr alt.« Und der MfS-Mann, der mit im Raum war, in der Ecke (Jean sah ihn im Augenwinkel), nickte mit Bestimmtheit und brummte auch und wirkte mit dieser Angabe überaus zufrieden. Vielleicht war er stolz, und Onkel Jean dachte: »Das ist gar kein Dissident, das ist einer von denen!« Aber er hatte keine Muße, darüber nachzudenken, denn Pat. Null sprach ohne Punkt und Komma, und nichts, was er von sich gab, ließ irgendeinen Sinn erkennen. Die Worte rieselten aus ihm hervor, wahllos, achtlos, unabsichtlich. Tatsächlich war Jean sich unsicher, ob diese zwei Worte, sehr alt, überhaupt als Antwort auf seine Frage zu verstehen waren. Er stellte weitere Fragen, einfache Fragen, aber die Worte rieselten weiter, ohne dass auch nur ein einzelnes Wort hätte als Antwort geltend gemacht werden können. Statt des Patienten antwortete, jeweils nach einer kurzen Pause – als warte er ab, ob Pat. Null nicht wider Erwarten doch selbst antwortete – der MfS-Mann in der Ecke.

»Woher kommen Sie?«

»Aus Wunsiedel.«

»Ist das nicht im Westen?«

»Seit dem Krieg. Ja.«

»Sie sind aber erst nach dem Krieg geboren worden.«

»Südamerika. Exil.«

Und immerzu rieselten die Worte. Onkel Jean war schwer verärgert, darum stellte er einstweilen das Fragen ein und hörte bloß zu. Auch der Mann in der Ecke blieb daraufhin stumm, bloß ein, zwei Mal brummte er Dinge, die Jean abermals verärgerten: »Hören Sie nicht?« – »Da haben wir's.«

Jean konzentrierte sich, gab nichts auf den MfS-Mann und hörte zu. Aber er hörte nichts. Irgendwann wurde der Aufpasser ausgetauscht – das waren keine einfachen Wachmänner, sondern irgendwelche Offiziere – und der neue schien Jean zunächst alerter und weniger schwerfällig und dreist. Er musterte Jean aufmerksam und stellte ihm einige Fragen – wie es um die Staatsführung drüben im Wald bestellt sei – unverfängliches Zeug. Jean antwortete kaum, und bald saß auch der Neue nur in der Ecke und brummte dann und wann. Und plötzlich dachte Jean, er hätte etwas verstanden, etwas im Rieseln der Worte des Patienten, einen Satzfetzen, aber mit eingerieselten Worten dazwischen, und er versuchte den Eindruck festzuhalten, den er da erhascht hatte, die Worte im fortquellenden Reden des Patienten im Auge zu behalten, wie sie zugeschüttet wurden, und er dachte: »Brecht. Das war Brecht!« Und im selben Moment sagte Pat. Null, gebettet in einen Schwall anderer Worte, aber klar artikuliert: »Brecht.« Und er MfS-Mann brummte.

Und da hatte Onkel Jean eine Spur. Er rückte näher ans Bett des Patienten heran, sah ihm direkt ins Gesicht und verließ sich ganz auf die Wirkung seiner wohlgeübten ärztlichen Mimik, der ganzen Scharaden, mit denen er seine Patienten geschmeidig machte. Darin war er ja ein Meister. Nicht umsonst war er der Arzt der Waldsiedlung. Er verstand es – erinnerst Du Dich? – mit sparsamer, artikulierter Geste seine Patienten zu bestätigen und zu trösten. Mama hat sich immer drüber lustig gemacht, aber es funktionierte ja. Bevor er die Krankheit kurierte, nahm er ihr den Stachel, befreite seinen Patienten von der Kränkung der Krankheit, von der Bestürzung des Erleidens: Wie, ich bin krank? Das ist schockierend! Gemeinheit. Die kleinste Platzwunde ist schockierend, weil sie auf die Bürde der Sterblichkeit verweist – auf so eine ungehobelte Art. Das ist ja nicht höflich. Nun, um diese Zumutung der Verletzlichkeit abzuschwächen, die schon Kinder über einen Kratzer weinen lässt, musste er sich seine Patienten öffnen, und das gelang ihm. Wir haben uns ja auch darüber lustig gemacht, aber wenn ich krank war, habe ich seine Art als tröstlich empfunden und es genossen, dass er da war und mir die Last des Gedankens abnahm, dass ich etwas erleiden musste.

Das bedeutete ja nichts: Tritt in die Eier, klaffender Spalt in der Stirn – gleichwohl blieb ich ich selbst. Affirmation. Er sagte nicht: »Du bist es«, er sagte: »Ja, né?« Er hörte sich an, was immer ihm für Geschwätz zugemutet wurde, ob Jammern und Klagen und heulende Not, ob Vorträge zur Lage des Sozialismus oder andere großspurig dahergeredete Aufklärungen, er hörte sich das an, nickte freundlich zugetan und bekräftigte alles mit einem »Ja, né?« Das hat noch jeden wehrlos gemacht und so sperrangelweit offen, dass Jean dann zupacken konnte und die Krankheit an der Wurzel zu fassen bekam, ihrem Wesen, ihrer Existenz – daran, dass sie krank machte. Er negierte ihre Bestimmung und kehrte Schwarz in Weiß, und die Krankheit war nur noch das, was geheilt wurde; etwas, das nicht länger angriff, zugriff und erlitten wurde, sondern angegriffen und vernichtet. »Ja, né? Und dann kümmern wir uns mal um Ihre Speicheldrüse…« Und wer es auch war, den er vor sich hatte: Er rundete sich wieder zur Ganzheit und wurde voll und schwer er selbst. Das war Jeans ärztliche Kunst, neben dem Handwerk, das er so gut verstand wie jeder andere Arzt mit ein bisschen Erfahrung; das war seine Kunst: Die Suggestion. Was es auch sei, es ist behandelbar. Selbst der Tod ist ein Erfolg.

Stell es Dir vor. Genauso, wie wir ihn kannten, hat er sich Pat. Null zugewandt, aber da Pat. Null ihn mit Worten berieselte, muss es eine Art Meditation gewesen sein, was er da am Bett des Mannes mit dem verkabelten Kopf vollführt hat: Hörte zu, bestärkte ihn und nickte, dachte nichts. Kein Wort. Jean wurde leer, ließ die Worte über sich rieseln, wie man in der Dusche nichts ist als von warmem Wasser berieselt, etwas Muße vorausgesetzt (setze ich hinzu, denn manche Menschen können nicht einmal gescheit duschen, Menschen wie Bodo).

Vielleicht hat Jean – ratlos – nur getan, was er immer tat, nur bar jeder therapeutischen Idee. Vielleicht hatte er auch schon eine Spur, eine Idee, was es mit Pat. Null auf sich hatte. Gesprochen hat er nicht darüber, nicht zu Bodo, niemals. Erzählt hat er ihm nur, wie es, rein äußerlich betrachtet, weiterging.

Er ließ Pat. Null und sich in einem Kellerraum unterbringen: Dicke Ziegelwände, weit und breit keine Seele, tief im Sand. Der Keller wurde notdürftig hergerichtet. Ölofen, Stuhl, Pat. Null im Bett samt all dem Ableitungsgedöns am Kopf. Das hielt Onkel Jean für harmlos, und die ZMD-Leute dachten, sie gäben die Kontrolle nicht aus der Hand – auch so ein vermessener Wahn: Man könnte das Gehirn auslesen... Da ist es bis zum allsehenden Auge auch nicht mehr weit.

Bodo sagt, was diese Kellersache angeht, habe er sich jahrelang im Irrtum befunden. Er habe geglaubt: Jean kann das MfS nicht ausstehen, und weil er die Brüder auf Abstand haben wollte, hat er Pat. Null zuallererst mal in den Keller runterschaffen lassen. Und erst viel später, nach Jeans Tod, sei ihm aufgefallen, dass es um etwas anderes ging: Isolation. Er wollte möglichst viele Menschen – ob MfS, ob ZMD – möglichst fern von Pat. Null halten. Er wollte mit ihm allein sein, ganz allein. Bodo sagte wirklich »aufgefallen«, wie man sagt: Mir ist aufgefallen, dass es nicht mehr regnet. Ich habe ihn darauf aufmerksam gemacht... ich bin wirklich langsam nervös geworden... Du kannst es Dir denken. »Nein«, sagte er, »nein, das ist doch kein Einfall! Was soll denn das, ein Einfall ist doch nichts... Nein, das liegt doch auf der Hand! Es wird Dir auch noch auffallen...«

Jedenfalls hat man Jean seinen schnakigen Wunsch nur allzu gerne erfüllt, sagt Bodo. Der Wachdienst bei Pat. Null war äußerst unbeliebt und hatte massive Nebenwirkungen. Darum wechselte man die Beamten auch ständig aus. Worin die Nebenwirkungen allerdings bestanden, wurde nur sehr vage beschrieben, und die Aussagen wichen stark voneinander ab. Am ehesten konnte man sich auf Müdigkeit verständigen, eine große, überwältigende Müdigkeit, die jeden befiel, der für längere Zeit am Krankenbett wachte und das Rieseln der Worte über sich ergehen lassen musste. Dann aber sprach der eine von einer Art Lähmung, die ihn befiel, derart, dass er seine Glieder nicht mehr bewegen konnte, anscheinend, weil nicht er es war, der sich bewegen wollte. Irgendeine Verschränkung der Personen also, wenn man den Spuk ernst nimmt. Jean sagte nur: »Ein Traum. Ja, né? Sie sind eingeschlafen und haben geträumt.« Schließlich sei es im Traum ja auch immer wie verhext, und man komme einfach nicht vom Fleck, wie man auch renne. Das liege aber daran, dass im Schlaf die Nervenverbindung zu den Muskeln wohlweislich suspendiert sei. Ein anderer Aufpasser sprach davon, dass er sich selbst nicht mehr kenne, sobald er bei Pat. Null sitze. Sogar etwas wie Nahtoderfahrungen gab es, irgendwelche Visionen also, als sähe einer sich selbst da drüben sitzen, und aus dem Hosenbein rieselte es wie Sand in der Uhr. Dazu noch jede Menge Kopfweh, Hochfahren wie gerädert, Zwicken in den Beinen, Ohrennässen, arthritischer Finger. Kurz: Die waren alle heilfroh, nicht mehr da hocken zu müssen und Pat. Null irgendwo weit unter sich in einem alten Luftschutzkeller zu wissen – mit dem Arzt der Staatsführung, der gegen diese Wirkungen immun zu sein schien. Und auch die Putzkolonne war's zufrieden, da hatte man nicht mehr ständig den Sand auszufegen, den die Wachleute an den Schuhen hereintrugen, wenn sie vor oder nach ihrer Schicht bei Pat. Null, ganz erschlagen oder in banger Erwartung der Marter, draußen eine Zigarette nach der anderen rauchten und unruhig wanderten.

Da saßen sie nun also in Buch im Keller: Pat. Null und Onkel Jean. Einer rieselte, der andere wurde leer und ganz und gänzer, nickte Pat. Null therapeutisch zu und sagte dann und wann, ins Rieseln der Stimmen hinein, die sich Pat. Null entrangen: »Ja, né?« Szene wie vom Gespensterseher. Ich male es mir aus: Gemauerte Gewölbe in den Grund gestemmt, weit und breit kein Mensch, nur diese beiden, funzeliges Licht, das von der Decke schaukelt, muffiger Geruch, vielleicht hat sich ein Hauch von Schweiß erhalten, Angstschweiß, ausgeschwitzt von denen, die hier früher Bombennächten trotzten. Und dann stockten ihm die Worte und verstummten ihm die Stimmen, langsam, eine nach der anderen. Im Rieseln weisen sich die ersten Lücken auf, und Pausen treten ein. Drei Tage dauert das, als atme das Gewölbe Stille aus, die langsam, nach und nach alles erstickt, die Worte, Stimmen. Das Schweigen dehnt sich, dauert, wird nur selten noch zurückgedrängt, getilgt durch Worte, wächst erneut und dauert. Endlich dauert es. So denke ich es mir. Bodo malt sich ja nichts aus – oder er malte mir nichts aus. Das alles hat er nur knapp referiert und verschwendet sich lieber ans Schwadronieren, was ihm ein- und aufgefallen ist.

Es war zu spät. Jean sagte – sagt Bodo – »es war zu spät.« Nachdem die Worte verrieselt waren, die Stimmen verklungen, die Stille alles war – war nichts mehr mit Pat. Null. Aus dem Schweigen der Stille erhob und reckte sich die Stille des apallischen Syndroms. Der Stupor kündigt sich nicht an durch ein warmes, mitfühlend gemeintes »Ja, né?«

Bodo sagt, mehr habe Onkel Jean nicht gesagt. Nur dies: »Es war zu spät.« Er, Bodo, habe sich das dann all die Jahre über (zwischen den Zerwürfnissen) so gedacht, dass sein Vater dort im Gewölbe gesessen habe, in der Stille, bis ihm die Sache irgendwann spanisch vorgekommen sei, und habe halt irgendwann angefangen, Pat. Null zu untersuchen. Aber eigentlich habe er sich nichts weiter dabei gedacht und die »Lücke zwischen Stille und Koma eher durch Auslassung gefüllt.« Seine Worte. Mir war nicht klar, was er mit »Lücke« meinte. Ich habe da keine Lücke gesehen. Mein Eindruck war – so wie Bodo es mir erzählt hat – der eines langsamen Erstickens, eines Erstickens, sagen wir, der Stimmen durch Onkel Jeans ärztlich gerichtete, auf Pat. Null eindringende Meditation. Mein Eindruck war der einer Tat, verstehst Du? Er hat seine Gedankenstille Pat. Null wie ein Kissen auf den Mund gedrückt, bis nichts mehr kam; bis nichts mehr rieselte, und einen Augenblick zu lange zugedrückt. Ich glaube, diesen Augenblick meint Bodo mit »Lücke«, aber er hat sich, wie gesagt, nichts dabei gedacht und ist so beiläufig über diesen Punkt hinweggegangen, über diesen Moment, in dem Jean misstrauisch geworden ist und doch lieber mal nach Pat. Null gesehen hat. Er hat das ausgelassen und mit der Auslassung irgendeine flüchtige, unbedarfte Vorstellung impliziert. Dabei wäre das ja interessant, oder? Angenommen, es stimmt, was Jean Bodo erzählt hat, dann wird Onkel Jean doch irgendwann, als es still war, die Stille zur Kenntnis genommen haben, therapeutische Meditation hin oder her. Er wird doch festgestellt haben: Endlich ist er still – oder so ähnlich. Und irgendwann dann: Scheiße, er ist ein bisschen zu still! Oder ist er hochgeschreckt, als es nichts mehr zu meditieren gab? Als sein »Ja, né?« in die Stille polterte und sich auf nichts mehr bezog? Ist er da aufgefahren, als Pat. Null vom Schweigen ins Koma abrutschte; als das Stocken der Worte ihm einen solchen Hirnschaden verursacht hatte, dass es nur noch zu einer Art pflanzlichen Daseins langte? Hat Onkel Jean Triumph empfunden – weißt Du noch, wie er immer die Karten auf den Tisch gedroschen hat? Damals stand er ja noch im Saft, war noch nicht klein geworden und eingegangen... Und dann ist ihm aufgegangen, dass er Mist gebaut hatte?

Interessiert Bodo nicht. Hat ihn damals nicht interessiert (zu borniert), interessiert ihn heute nicht (zu besessen). Habe ihm die Fragen vorgelegt, da hatte ich ein bisschen die Hoffnung, dass die sokratische Methode noch funktioniert, wenigstens in der Familie, und er merkt, wie bescheuert seine Geschichte von Pat. Null ist, und kriegt rechtzeitig die Kurve. Aber er hat nur alles mit Handbewegungen abgetan, nervösem Fortwischen, Wegschieben: »Na, warte doch mal! Du wirst ja gleich sehen...« Und er hat versucht, sich zu sammeln. Alberne Geste, Stirn in Falten legen und krampfhaft drei Finger dagegen rammen... diese ganzen hohlen Gesten, die von geistiger Regsamkeit, von Konzentration und ordnungstiftendem Denken zeugen sollen! Bah.

Aber ich will mich fassen.

Erst nach Jeans Tod, sagt Bodo, sei ihm aufgefallen (da war es wieder), dass Jean etwas Entscheidendes ausgelassen hatte. Das Verstummen von Pat. Null, sagt Bodo, hat nämlich durchaus nicht drei Tage gedauert, sondern nur ein paar Stunden, längstens einen Tag. »Papa... Jean war aber drei Tage fort.«

»Na ja, aber wie bist Du darauf gekommen, dass Pat. Null zum Verstummen nur ein paar Stunden gebraucht hat? Woher der Einfall?«

»Das muss so sein, sonst hätte Jean keine Zeit für die Schachnovelle gehabt.«

»Die Schachnovelle. Gut. Onkel Jean ist nach drei Tagen also mit der Schachnovelle angekommen, und er hatte die Idee, dass es dazu eine Art Urfassung gibt, wie Du es nennst.«

»Nein, er kannte sie da bereits... die Urfassung. Als er wiederkam...«

»Aha. Das heißt, Pat. Null hat sie irgendwie besessen und ihm gezeigt? Wohl kaum. Oder er durfte sie nicht mitnehmen, weil das MfS literarisch auch so interessiert ist, hat sie aber dort, in der Stille im Gewölbe, gelesen?«

»Er hat sie nicht gelesen. Pat. Null hatte nur die Schachnovelle. Das Buch muss bei seinen persönlichen Sachen gewesen sein. Ist auch unwichtig.« Und Bodo, jetzt zunehmend ungeduldig, schon unwirsch, schielte wieder nach dem Bücherschrank.

»Ich fürchte, ich verstehe nicht. Lass mal die Schachnovelle kurz beiseite, bitte. Wie kommst Du darauf, dass das Verstummen von Pat. Null nur wenige Stunden gedauert hat? Und wie kamst Du darauf, dass es drei Tage gedauert habe? Hat Jean das gesagt? Oder ist Dir das auch wieder nur aufgefallen. Ich würde es ja immer noch Einfälle nennen... Sei froh, dass ich nicht Zufälle sage oder Schlimmeres...«

Und da wandte sich Bodo mir zu – er war wieder fahrig rumgetapert, und ich dachte schon: Fein, jetzt wird er sauer – und machte so ein listiges Gesicht. Ich musste fast lachen: Bodo, schlau.

»Und jetzt habe ich Dich da, wo ich Dich haben wollte! Ich habe ja auch jahrelang nichts bemerkt. Es ist mir einfach nicht aufgefallen… Denk´ an Brecht. Ich sagte doch: Jean hat irgendein Brechtzitat erkannt, ein Wortgerinnsel im Rinnsal… Na?«

»Bodo, ich weiß nicht, was das soll…«

»Und Papa hat gedacht: Brecht, das ist doch Brecht! Gedacht, hörst Du, er hat es nur gedacht. Und dann taucht im Wortgeriesel plötzlich »Brecht« auf. Das hat Jean mir immer wieder erzählt, immer wieder, es hat ihn umgehauen – und dann so weiter, wie ich es Dir erzählt habe: Verstummen, Stille, Koma. Da spielt Brecht ja überhaupt keine Rolle! Warum erzählt er es dann ständig, wenn es keine Rolle spielen sollte? Das ist ja doch ein Wunder, oder? Gedankenübertragung, was weiß ich. Im Magnetisieren bin ich nicht ausgebildet, Séancen, Löffelbiegen… ich bin bloß Arzt. Aber da muss noch etwas kommen, etwas, das Jean aber fortlässt – wohlweislich. Warum ist mir das früher nicht aufgefallen?«

»Weil Du früher noch alle beisammenhattest.«

»Ach komm, Du hast doch auch den Keller voller Benzinkanister!«

»Ich bin Pessimist, kein Prepper. Ich habe einen Weinkeller.«

»Gibt es den Spielzeugkeller noch?«

»Natürlich. Im Meer ist schon genug Spielzeug. Hör zu: Jean im Gewölbe mit Pat. Null. Der verrieselt seine Worte. Jean wird das Meditieren irgendwann leid, er ist ja ein Tatmensch – und mopst sich. Darf ich schnoddrig sprechen? Ich brauche das… als Ausgleich zum Weihevollen. Vielleicht wird er dösig, wie die anderen vor ihm auch. Sand rieselt aus dem Hosenbein... er steht auf, dehnt sich, kämpft dagegen an, macht ein paar Schritte, schaut sich um. Irgendwo findet er das Buch – oder sagen wir ein Buch. Ist egal welches, wenn Du mich fragst. Hätte auch Vater und Sohn sein können, dann suchten wir halt dafür die Urfassung oder die ganz andere Fassung oder wie auch immer. Vielleicht durchwühlt er Pat. Nulls Sachen, vielleicht liegt es offen herum, egal. Er nimmt es, liest. Das Wortgeriesel stärkt vielleicht sogar die Konzentration, wie beim Lesen in der Eisenbahn. Da rieselt es ja auch, und man kann wunderbar unter diese Decke von Worten kriechen und lesen. Ist anstrengend, aber intensiv. Dann ist er doch eingeschlafen, hat etwas geträumt, was Schnakiges. Onkel Jean hatte immer so seine Einfälle. Verzeihung: Fixe Ideen. Vielleicht hat er das Wunder der Brechtnennung geträumt. Vielleicht hat er auch an der dummen Schachnovelle entlang- und herumgeträumt und irgendwas dazugesponnen. Und als er aufgewacht ist, kam ihm der Schmu, den er geträumt hatte, so herrlich wunderbar vor, dass er sich das Wunder der Brechtnennung kurzerhand ausgedacht hat. Ein kleines Wunder, damit das große Wunder nicht einfach vom Himmel fällt, sondern dem kleinen nachfolgt, abfolgt und aussieht wie gemacht, geworden, mit einem Wort: Es soll dadurch möglicher wirken, wahrscheinlicher. Eins kommt zum anderen, aus Kleinem wächst Großes, und schon denkt man: Das kann doch sein! Warum nicht? Da hatte er seinen Traum, zu schön, um Wahn zu sein... Also motiviert er ihn ein bisschen. Das kann einem sogar unbemerkt passieren, heutzutage jedenfalls. Die Schule der gedanklichen Strenge besucht ja niemand mehr. Von klein auf sieht man bloß Filme, in denen alles, was man sich nur ausdenken kann, auch wirklich wird, bloß aufgrund dieser harmlos wirkenden Voraussetzung, die zu bestreiten sich kein ernsthafter Mensch aus dem Weinkeller locken lässt: Kann doch sein? Wenn ich es mir ausdenken kann, kann es doch sein? Kann es nicht, aber wenn man's nicht bestreitet, zack, sieht man auf der Leinwand Aliens, Monster und Zauberer, und alles ganz wirklich. Kann doch sein? Was Spezialeffekte können, soll unmöglich sein? Haha. Warum sollten wir diesen Brechtquatsch überhaupt glauben?«

Nebenbei und kleinlaut: Ja, da sind bei mir die Pferde durchgegangen. Bodo stand auch da und grinste verwundert. Man wird ja heute schnell für verrückt erklärt, wenn man mal ein bisschen grundsätzlicher wird – und laut dabei; schneller jedenfalls, als wenn man von Brechtnennungen und größeren Wundern phantasiert. Aber ich habe sein ungezogenes Grinsen gegen die Wand meines Ernstes krachen lassen: »Du hast recht: Das Wunder der Brechtnennung passt nicht zu der Geschichte. Lassen wir sie weg. Nennen wir sie falsch, eine Kontamination der Überlieferung. Wie auch immer es dazu gekommen ist: Fragezeichen dahinter, nicht weiter beachten. Die Geschichte mit Pat. Null hat auch so ihren Reiz. Stasigrusel, hört man immer wieder gerne. Du beweist mit dem kleinen Wunder, dass es ein noch viel größeres Wunder geben muss? Merkst Du nicht, wie die Logik rückwärtsläuft?«

»Sie tänzelt, Benedict. Sie tanzt Dich aus.«

Und wieder dieses bedeutende Honoratiorenlächeln dazu, wie früher beim Fußball, in der Sandkuhle am See, weißt Du noch? Da hat er mich ja wirklich ausgetanzt. Bodo, der Floh; damals, als im April noch keine Waldbrandgefahr herrschte. Papa und Onkel Jean haben die

Äste aus dem Wald geschleppt, und wir sind mit dem Ball angerannt gekommen, um draufrumzuspringen und Kleinholz zu machen. Gemisch drüber, anzünden, perfekter Tag. Haben wir eigentlich Fotos davon? Müsste glatt mal suchen gehen. Apropos: Du hast doch Julchen diesen Riesenapparat geschenkt… voller Erfolg! Sie rennt den ganzen Tag und die halbe Nacht über mit dem Ding vorm Bauch herum, um nur ja kein Tier zu verpassen, das sich in die Nähe wagt. Von überall her laufen Eichelfährten zum Haus: Wildschweine, Rehe, Krähen und Kleinzeug, im Schlepp dann Sperber, Fuchs und Rotmilan. Sie hofft immer auf den Wolf, doch den hört man nur und sieht ihn nicht. Jedenfalls habe ich immer eine merkwürdige Assoziation, wenn ich die Kleine mit diesem phallischen Dings rumlaufen sehe, und denke sie mir als Erwachsene mit Kleinkaliber und grünen Hosen, wie sie nach dem Zusammenbruch auf Hipster anlegt, die durch die Wälder marodieren… Ja, so wird es kommen, ich aber werde gerührt sein und denken: Kind meiner Lenden…

»Also«, sagte Bodo, »ich sage Dir jetzt, wie es gewesen sein muss. Und Du hast recht, es ist besser, das etwas flapsig zu sagen… Außerdem war Jean… Papa damals ja auch noch so, immer schnell dabei, griffig und so obenhin… Er saß also in der Stille der Gewölbe, wie Du sagst – das gefällt mir – und dachte sich: Jetzt probiere ich mal was aus.«

»Und vorher schüttelte er sein Hosenbein aus und pustete das Sandhäuflein über den Estrich.« – »Genau.«

Onkel Jean hat also, sagt Bodo, die Schachnovelle zur Hand genommen und – jetzt pass auf! – gelesen. Jawohl. Bodo aus dem Häuschen: »Denk´ an Brecht! Denk´ an

Brecht. So muss es gewesen sein. Er musste das einfach testen, jetzt in der Stille!«

Also, ganz recht, Jean hat gelesen; leise gelesen. Versteht sich. Die Augen huschten dahin über die Zeilen, die Worte, die Ohren lauschen in die Stille, Anspannung, Erregung: Das Wunder, das Wunder… jetzt muss es doch… Was wird er sich erwartet haben? Na klar doch (»Es muss ja so sein«, wie Bodo sagt): Er wird erwartet haben, dass Pat. Null ihm aus dem Buch vorliest. Pat. Null soll Jean vorlesen, indem Jean Pat. Null die Augen leiht. Sein Blick huscht über das Papier, und Pat. Null erhebt raunend aus dem Schweigen die Stimme zur Rede: »Auf dem großen Passagierdampfer, der um Mitternacht von New York nach Buenos Aires abgehen sollte…«

Das war der erhebendste Augenblick, weißt Du? Beste Szene in Bodos ganzer Schilderung, habe auch gleich die Grappaflasche vorgeholt (unverschlossen in der Fensterecke: Die Flaschen für den gegebenen Anlass, im Arzneischränkchen wider den Ungeist…). Absolut glaubwürdig und sehr anrührend: Onkel Jean, der allen Ernstes damit rechnet, dass Pat. Null ihm beim Lesen die Stimme leiht… Der Suggestologe der Staatsführung findet sein Medium. Das muss man malen! Lovis Corinth. Tintoretto. Van Dyck. Jean, wie er leibt und lebt. Stell es Dir vor, was Schöneres bekommst Du von mir hier nicht zu hören.

Hat er? Hat Pat. Null? Nee, hat er nicht. Bodo hat sich was viel Besseres ausgedacht: »Stefan Zweig ist nämlich selbst mit genau diesem Dampfer gefahren! New York – Buenos Aires. 1940.«

»Wikipedia?«

»Stimmt doch, oder? Klar stimmt das!«

Ich bin mir nicht ganz klar darüber, was ich von Bodo halten soll. Entweder redet er sprunghaft wie ein Kind, verhaspelt sich, verpasst die Zusammenhänge, oder er hat sich das alles genauestens zurechtgelegt und arbeitet sich als Dramaturg an mir ab, mit Cliffhangern und allem Pipapo. Nach dem Grappa hat er sogar einen auf Großschriftsteller gemacht und sich voll in die Brust geworfen: »Die Encephalitis lethargica grassierte in den 20er Jahren. Die letzten Fälle werden Anfang der 40er beschrieben. Bis heute ist über diese Krankheit wenig bekannt.« Bodo, der Schwarzkünstler. Na, bei dem Vater… das färbt ab.

Um Dich nicht hängen zu lassen: Jean ist irgendwann, das muss kurz vor dem Beginn seiner Verminderung gewesen sein, auf diese Schlafkrankheit gestoßen und muss sich was in Bezug auf seinen Pat. Null dabei gedacht haben. Menschen, die plötzlich müde werden, ständig einschlafen, schlafwandeln. Visionen, Phantasmen, Träume, Lähmungen und Tod. Oder sie liegen für den Rest ihres Lebens bewegungslos da. Oder sie bekommen Schüttellähmung, werden dement. Fiese Krankheit also, und war vorher niemals beschrieben worden, ist seither niemals wieder aufgetreten, holzte sich nur für diese zwei oder drei Jahrzehnte, von Weltkrieg zu Weltkrieg, aber am stärksten in den Zwischenkriegsjahren, durch die Menschheit, ein Übel, geboren in den Schützengräben des ersten Weltkriegs, verschwunden in den Wirren des zweiten; bis heute ein Rätsel, kurz: Mysteriöse Sache, wie gemacht für Onkel Jean, wie geschaffen für ihn. Denn als er nach den drei Tagen in Buch zurückkam – mit Pat. Null im Gepäck, was aber niemand ahnte – hatte er nur noch die Schachnovelle im Kopf, beziehungsweise die Urfassung.

Anfangs, sagt Bodo, schrieb er nur: Papier und Bleistift. Er selbst, Bodo, habe ihn so gesehen und erinnere sich genau, weil er seinen Vater mit Stift in der Hand gar nicht kannte, nicht einmal seine Handschrift, eine stark geneigte, für einen Arzt ungewöhnlich elaborierte, dennoch schwer lesbare Handschrift, weil die Zeilen eng beieinander liefen und die energischen Ober- und Unterlängen sich ineinander verhakten wie Filzfasern. Ein Wortfilz – sonst diktierte Onkel Jean ja immer und ließ abschreiben. Bodo kam also hereingestürmt – kein Problem, die Kinder des Arztes und selbst wir waren bekannt beim Wachregiment Feliks Dzierzynski... wir haben das immer verächtlich genuschelt, oder bringe ich da was durcheinander? Die Scherschinskis, die lassen doch jeden rein... kam reingestürzt, was er nicht durfte, ihm gelegentlich im Eifer aber unterlief (Übermut kannte er ja nicht), und überraschte seinen Vater nicht mit einem Patienten, sondern mit Stift und Zettel und einem Gesicht wie's tumbe Kind beim Schulaufsatz.

Klar, als Bodo da mit irgendeinem Auftrag reingestürzt kam (»Mama findet den Autoschlüssel nicht!«), hatte er keine Vorstellung, was Jean da schrieb, aber später, als, wie er sagt, sich ihm »alles zusammenfügte«, wurde ihm klar, dass Jean in den ersten Tagen nach Buch versucht haben muss, die Urfassung aus dem Gedächtnis aufzuschreiben. Im Wortlaut, vergeblich. Kein Wunder, dass er daran gescheitert ist. Weißt Du noch, wie hölzern seine Reden immer waren, und wie hilflos er versuchte, Papas humorigen Lapidarstil zu imitieren? Jean und Bücherschreiben! Gedächtnis hin oder her. Als würde man beim Schreiben etwas abbilden, das fertig irgendwo im Hirnkasten abgelegt ist... Als würde Textgestalt nicht ebenso sehr von der Schreibhand wie von irgendeinem geistigen Vermögen bestimmt! Vielleicht ist es ihm bald klargeworden, denn nach dem Wortfilz auf blankem Papier, sagt Bodo, sei Jean wieder zum Diktieren übergegangen. Dachte wohl, beim Sprechen wäre der Zugang zur Erinnerung direkter. Er hatte ja immer diese Stasi-Diktiergeräte (Memocard, glaube ich), die lagen bei Onkel Jean ja überall herum, auch zuhause. Bodo sagt, dass er als Kind die Dinger immer abgehört hat. Vermutlich ist er bloß darum Arzt geworden, weil er auch solche Arztchiffren in ein Diktiergerät sprechen wollte: Die Stimme auf dem Apparat, an niemanden gerichtet als an die Sache, ist so herrlich rücksichtslos, sonor, von reiner Autorität. Man herrscht die Krankheit an: Penicillin! Einmal, sagt Bodo, sei aber nicht das übliche Arztzeug draufgewesen, als er so ein Band abgehört hat, sondern sein Vater habe da etwas erzählt. Einfach erzählt: Von zwei Männern, die in einer Kabine hocken und um die Wette was aufschreiben: Die Köpfe gesenkt, die Federn eilen, draußen rollt der Ozean. Mehr wisse er nicht mehr, aber dass er die Erinnerung überhaupt wiedergefunden und, wie er sagt, »ins Gesamtbild« habe einfügen können, sei ein großes Glück. Die Stimme seines Vaters. Es muss die Urfassung gewesen sein, was er da gehört hat – eine Annäherung an die Urfassung. Gescheitert.

Bodo nennt es die erste Phase: Jeans Versuche, die Urfassung direkt aus dem Gedächtnis wieder hervorzuholen. Er kann nicht sagen, wann genau sie endete und die zweite Phase begann. Seiner Meinung nach war der Übergang ziemlich geräuschlos und daher undatierbar, und er behilft sich damit zu sagen: Phase II, die Phase der kritischen Rekonstruktion, setzte zeitgleich mit dem Ausbau der Waldklinik zum Elitekrankenhaus der

Staatsführung ein. Bis dahin hatte er ja nur eine bessere Landarztpraxis, bestehend aus ihm, dem Suggestologen der Staatsführung, dem Proktologen der Staatsführung und dem Dentisten der Staatsführung, mehr braucht der Mensch nicht: Einer zieht die Zähne, einer schneidet Hämorrhoiden, und dazwischen wird beschworen und gehext. Vielleicht noch jemanden zum Ausfegen: Phase I. Phase II (geht ein bisschen durcheinander bei Bodo, ob sich die Phasen auf die Urfassung oder die Klinik beziehen): Erweiterungsbau, mehrere neue Ärzte, jede Menge Technik. Los ging's, natürlich, mit den allermodernsten EEG-Apparaten, um den Stupor zu belauschen, Pat. Null als Pflanze zu verstehen und sein apallisches Gehirn befingern zu können. Bald darauf kam der Computertomograph und am Ende gar, kurz vor Schluss, ein Kernspintomograph. Alles in der kleinen Waldklinik, Weltniveau.

Aber Bodo verwechselt das. Was er den Beginn der zweiten Phase nennt, ist nichts als der Auftakt zu Onkel Jeans Heldenlegende, seiner Heiligenvita, wie auch immer. Mit Onkel Jeans eigenen Worten: »Ich hab´ die Klinik für die Wende schickgemacht.« Kennst Du. Und dann kommen die ganzen Schenkelklopfer, hanebüchenen Geschichten: Onkel Jean kungelt mit der Kommerziellen Koordinierung; Onkel Jean schmuggelt Computer; Onkel Jean bescheißt die Treuhand; Onkel Jean hat das schönste Krankenhaus der Welt. Auf Jeans Schreibtisch liegt stapelweise Endlospapier voller monotoner Strichmuster (Pat. Nulls EEG-Ableitungen), auf Jeans Schreibtisch liegt die Schachnovelle und wird immer dicker, gespickt voll eingelegter Notizblätter, voller Anstreichungen, Unterstreichungen, Anmerkungen. Phase II, sagt Bodo.

Und da habe ich eingehakt. »Mit Verlaub, Vetter…«
Von wegen »geräuschloser Übergang«. Ich glaube nicht
an geräuschlose Übergänge, ich glaube an Krachen und
Bersten. Von wegen »schmerzlos« und »unmerklich«.
Bodo, so verrückt er ist, redet sich immer noch seinen
Vater schön. Oder nein, er redet ihn sich froher, als er
war. Er redet ihn sich glücklich. Niederlage? Scheitern?
Doch nicht Papa Jean!

Dir muss ich es nicht eigens beweisen, Wort für Wort
– dass Jean gescheitert ist. Ich muss es Dir nicht sagen,
wie sehr. Weißt Du selber besser. Aber die Stationen des
Scheiterns erhellen aus Bodos Geschichten. Denn womit
schließt Phase I der Angelegenheit Pat. Null? Mit Scheitern, mit grandiosem Scheitern. Ein Moses, ein Moham-
med wollte er sein, der dem Volk die erlauschten Offen-
barungen vorlegt, aus dem Gedächtnis gegeben, wie sie
ihm zuteilgeworden sind; wie es ihm widerfahren ist,
über ihn gekommen: Ging nicht. Alles wie vernagelt.
Dabei büßt ihm die Erinnerung an Buch doch nichts an
Lebendigkeit ein, überwältigender Einsicht! Die Worte
sind alle noch da! Die Urfassung ist ihm präsent wie nur
im Keller dort, wie in den Stunden im Gewölbe, aber auf
Papier? Klingt schal, klingt falsch, klingt nachgemacht.
In ihm ist alles echt und wahr, doch auf Papier, auf Band
– nur Anklang, abgenutzt, und Näherung. Die Stimme
auf dem Band? Ist nicht die Stimme einst im Kopf, die
Stimme, die den Text so anders las als seine Augen.

Versteh´ mich nur nicht falsch: Ich nehme, indem ich
es mir so ausmale, spaßeshalber an, es wäre alles ganz
so, wie Bodo sagt. Dann aber endet Phase I nicht geräuschlos, sondern mit einem krachenden Scheitern.
Und irgendwann muss Onkel Jean sich das auch einge-
standen haben: Ich kann es nicht. Ich schaff´ es nicht. Die

Offenbarung ist verloren. Die Vision ist wächsern, fahl und tot. So geht es nicht. Es geht nicht mit Papier und Bleistift, und es geht nicht mit Diktat. Es geht nicht.

Er hat aufgegeben. Und ich sage Dir auch, wann: Als es losging mit den fixen Ideen, mit seinen Projekten; als er den Lateintick bekam. Erinnerst Du Dich, wie er das Libretto für den Don Carlos übersetzen wollte? »Das muss man lateinisch singen, lateinisch!« Was hat er getönt und auf den Tisch geschlagen! Es war einer von Deinen Sommergeburtstagen, oder? Da hatten wir noch keinen Zaun, folglich auch keinen Garten, eher ein Revier, das bis zum Steg hinter den Biberburgen reichte und auf der anderen Seite zurück bis zum Schuppen im Schilf, und schossen da immerzu herum und kamen nur zum Haus, um Essen zu holen. Onkel Jean saß da und tönte, nein, er blies ins Horn... das war Begeisterung, nicht Aufschneiderei... und Papa saß da und nickte schmunzelnd. Er wusste, dass es nichts wird mit dem lateinischen Don Carlos, aber er war nicht der Mann zu sagen: Du kannst es nicht, Jean. Wozu denn? Er mochte den Plan, er mochte das Feuer. Aber Onkel Jean verstand nichts von Musik. Er liebte die italienische Oper, jawohl, anmaßend wie ein Kind. Donizetti, Rossini, Puccini. Partituren lesen? Die Empfindung zählt, und wer in Jubel ausbricht, dem ist nichts verborgen. Jean verstand auch kein Latein... Medizinerlatein eben. Hat lebenslang an ihm genagt. Darum mussten wir ja alle zur Lateinschule und diese bourgeoise Bildungssprache pauken... Niemand in der Staatsführung konnte Latein, höchstens hatte man Verwendung für ein paar Altphilologen auf Weltniveau fürs Renommée, aber Onkel Jean hieb auf den Tisch wie beim Kartenspiel, wenn wir ihm fließend aus dem Cicero vorübersetzen konnten: »Das ist klassisch«, rief er, und er klang wie: »Bube, Stich!« Das war nicht nur die Kränkung des Kleinbürgerkindes, dass andere von der Pike auf gelernt hatten, sich zu unterscheiden; das war nicht nur die Erleichterung, dass wir genau das lernten (mitten im Sozialismus); das war die Kränkung des Scheiterns an der Urfassung, und es war Selbstbeschwörung: Steh auf und hinke.

Es war dann auch bald nicht mehr die Rede von einem lateinischen Don Carlos, also verlegte er sich aufs Übersetzen ins Deutsche, aber natürlich nicht irgendwas: Römische Satire, derb und bitterböse, zwecks Charakterbildung – er tarnte es als Nachhilfeunterricht für uns, Emil und mich. Schrille Töne: Vom Urweib, »struppiger als ihr Eicheln rülpsender Mann«... Onkel Jean hieb sich auf die Schenkel und lachte aus vollem Halse. Und als wir an Martial herumbuchstabierten, und es kam die Stelle, wo jemand als Plagiator beschimpft wird, der Martials Epigramme unter seinem Namen herausgebracht hatte, geriet Onkel Jean geradezu außer sich vor Wonne und rief: »Das ist es, ein Plagiat, nur ein Plagiat!« Emil und ich habe uns nur angeschaut und gedacht: »Ja, und?« Aber uns fehlte wohl Bodos Gesamtzusammenhang. Als ich ihm die Anekdote erzählt habe, sagte er gleich: »Das passt, siehst Du? Es passt doch!« Fehlte nicht viel, und er hätte sich auf die Schenkel geschlagen. Aber er hat ja Distinktion gelernt, nicht Feuer.

Und eben fällt mir noch etwas ein... vermutlich war Onkel Jean uns mal wieder mehr Komplize als Erzieher gewesen, jedenfalls war Thea sauer auf ihn und zankte, und er knuffte uns in die Seite, bübisch grinsend, und sagte: »Mein Geliebter, mein Honig, meine Seele.« Das hatte er auch aus Martial... geht um Leute, die, nach der Mode der Gebildeten, Griechisch miteinander reden statt Lateinisch, und Onkel Jean lästerte vergnügt mit und plauderte von der Staatsführung und ihren ungelenken russischen Brocken: »Κύριέ μου, μέλι μου, ψυχή μου… mein Geliebter, mein Honig… ja, né?« War schon ein herrlicher Mann, wenn ich's recht bedenke, und damals, in der Verzweiflung, mochte ich ihn am liebsten. Hörst Du das Krachen und Bersten der Kränkung? Wenn es eine Phase II gab, dann begann sie nicht geräuschlos. Kritische Rekonstruktion! Und mitten in Phase II platzte die Wende.

Für Onkel Jean kam sie eben recht. Arzt der Staatsführung, sicher, das war nicht schlecht, aber immer nur in der Suggestion arbeiten… ja, né? Da hatte er jetzt ganz andere Möglichkeiten – und Zeit! Er kaufte kurzerhand die Waldklinik, und da es für eine Weile nicht viel zu tun gab, nachdem die Staatsführung in Wandlitz ausgezogen war, verschwand er in Bibliotheken und Archiven.

»Aber erst kam die Sache mit Besucher Null«, sagte Bodo und nickte mir so bedeutungsschwanger zu, dass ich mich fast geehrt fühlte, obwohl ich keinen blassen Schimmer hatte, was er meinte. »Und da kommst Du ins Spiel!«

Das war es, was ich Dir Weihnachten erzählt habe, aber ganz aus dem Zusammenhang (aus Bodos Zusammenhang), und von wo aus ich in alkoholschweren und unsicheren Sprüngen auf das Weitere zu kommen versucht habe… ob ich es jetzt gerade besser mache, weiß ich freilich nicht. Also nochmal kurz: Ich bei den Grenztruppen, freiwillig, das personifizierte Bollwerk, ganz heiß darauf, nicht zu schießen bzw. den Leuten, die flohen, als Lebewohl durch die Hosentaschen zu schießen (dass ihnen das Westgeld rauskullert), aber nicht durch den Bauch (so wie wir früher mit dem Luftgewehr Hasenohren gelocht haben)… »Redensarten«, hast Du dazu gesagt und fast mit mir gebrochen, damals, »wenn es hart auf hart kommt, lochst Du keine Hasenohren, wenn es hart auf hart kommt, mordest Du. Was ist das für ein perverser Kitzel…« Ja, ja, Du hattest ja recht. Aber ich musste weder schießen noch nicht schießen, es war zu spät, und stattdessen durfte ich an jenem Abend eines der Türchen aufmachen, und dann strömte es nur so an mir vorbei und in den Wedding rüber. Das erlebt dann eben auch nicht jeder: Ich hab's Türchen aufgemacht… Kennst Du alles, ich weiß. Und Du kennst auch das Foto, kurz vorher entstanden im Gedränge am Übergang, mit dem Rücken zur Staatsgrenze, auf dem ich so entrückt und milde dem andrängenden Haufen zulächle. Gut getroffen, jung, schlank, und der Pessimismus hat die Nase noch nicht so aufgeworfen… Was Du aber nicht weißt – oder bis Weihnachten nicht wusstest, weil ich es selbst längst vergessen und dem auch keine höhere Bedeutung beigemessen hatte als eben »Onkel Jean wieder«; und woran ich nicht mehr gedacht hatte, bis Bodo kam und es in seinen Zusammenhang einreihte: Irgendwann später, ob Tage oder Wochen nach dem Mauerfall, weiß ich nicht mehr, kam Jean angebraust (aber ich weiß noch, dass er plötzlich einen Ford Mustang fuhr) und hielt mir eben dieses Bild unter die Nase. Er hatte es aus einer Westzeitung. Damals hat man ja auf den albernsten Schnappschüssen symbolhaft die Ausmaße der Umwälzung, die Zeitenwende, das Grundstürzende erkennen wollen, um nur ja sicher zu sein… Und Onkel Jean deutete auf eine Figur neben mir, die er mit Filzstift eingekreist hatte, und wollte alles Mögliche von mir wissen: Ob wirklich ich selbst es war, der das Tor aufgemacht;

wie unsere Befehlslage war; wessen Entscheidung, das Tor zu öffnen; was wir von den Vorgängen an den anderen Grenzübergängen gewusst hatten – und ob mir der bewusste Mann durch irgendetwas aufgefallen sei – außer durch seine Unauffälligkeit mit verschnittener Windjacke und ollen Jeans. Und auf jedes Wort, das ich hervorkramte, verständnisvolles Nicken und ein inniges »Ja, né?« Ich kam mir vor wie die Staatsführung.

Aber ich konnte ihm nichts sagen, was ich nicht seither jedermann auf die Nase binde, der sich gegen Heldenlegenden nicht energisch genug verwahrt; nichts, was nicht ganz und gar den allseits bekannten Umständen des Abends entspräche: Schabowskis Gestammel (Onkel Jean wird ihn doch nicht überzuckert vor die Presse gesetzt haben?) – Grenzöffnung, »nach meiner Kenntnis... sofort, unverzüglich« – dann Drama, Befehlsnotstand, und am Ende stand hier und da an den Grenzübergängen jemand, der sich dachte: »Na gut, also auf...« – oder der, wie ich, irgendwann die Wut gekriegt und aufgesperrt hat: »... jetzt reicht's aber, jetzt geht dieses Scheißtor hier eben auf, so...« Zeitgeschichte. Und am Ende kommt so ein Leiter der Passkontrollstelle und behauptet, er habe den Befehl gegeben... von wegen.

»Aber vorher, vorher«, sagte Jean – er drang in mich, wie es treffend heißt, aber heftig: »wie hast Du Dich gefühlt? Müde, was? So eine große Müdigkeit, ein tiefes Verlangen, das Tor zuzulassen, und so ein Gefühl, dass Dir tief drinsitzt und doch ist... als gehörte es nicht zu Dir... Das Tor bleibt zu, zu, zu... wie eine Sucht, wie das Verlangen zu rauchen, wenn Du zu viel Bier getrunken hast, zwingend, überwältigend – und fremd. Ja, né?«

»Nee, ja, kann sein«, habe ich gesagt, halbherziges Entgegenkommen, um mich aus dem Klammergriff der

Suggestion zu befreien, »aber gepaart mit dieser Abscheu, Du weißt schon… vor diesem Menschenhaufen, diesem ganzen Kollektiv von abgestumpften, verbauerten und debilen Beleidigten, die da aufmarschiert waren, um Sahnehäubchen und Spanientourismus zu fordern. ›Geht doch weg‹, hab' ich gedacht, ›geht doch alle weg von mir!‹ Das war eigentlich alles, was ich gedacht habe. Und dann, zack, war das Tor offen.«

»Ja, né? Aber da hast Du Dich gegen so einen gewaltigen inneren Widerstand durchkämpfen müssen, und dann war es ein Befreiungsschlag im letzten Augenblick… Du hast Dich hochgerissen und das Gespinst zerrissen, die ganze Müdigkeit, das ›Geht weg‹ und ›Tor bleibt zu, und wenn Ihr Euch auf den Kopf stellt‹…«

»Kann sein, Jean. Eigentlich nicht. Wie auch immer.«

Und dann sagte Onkel Jean – und das weiß ich noch genau, weil er in dem Moment so zärtlich wirkte (das war ja sonst gar nicht seine Art): »Klasse, mein Junge. Du hast Dich zur Wehr gesetzt. Du bist immun.« Aber er hat gleich wieder umgeschaltet, es setzte Gelächter, Schenkelklopfen, alles wie immer. Das war's. Aber jetzt, stell Dir vor, also seit ich mich wieder daran erinnere, muss ich aufpassen, dass ich Jean nicht nachträglich noch alles abkaufe, was er damals von mir hören wollte, und es meiner Erinnerung kurzerhand anfüge. Jetzt gerade in diesem Augenblick will es mir vorkommen – und es fühlt sich so wirklich und licht an – dass ich wahrhaftig ungewöhnlich müde war, und dass ich wahrhaftig nicht eigenen Willens war, sondern unter so einen monoton fremden Drängen stand, von Absichten besessen; und dass es wahrhaftig ein Aufbäumen gegen diese Absichten war, als ich das Tor dann aufgetreten habe… Was für ein Quatsch. Ich war Grenzer, natürlich ist ein Grenzer keine Ausgeburt des freien Willens, also was soll mir das? Befehlsnotstand, heikle, äußerst zugespitzte Situation, die Waffe in der Hand… mehr braucht es nicht, um aufzuklären, was mich damals geritten hat, vollständig aufzuklären, und ohne den geringsten Raum zu lassen, noch etwas dazuzuglauben, etwas von Besitznahme und verzweifeltem Widerstand gegen das Fremde im Kopf… Magisches Gerede.

Aber es war dann ja auch abgehakt und schnell vergessen, also habe ich mich von Jeans Einflüsterungen offenbar schnell erholt, spätestens als er sagte – ich hatte ihn nämlich gefragt, was das eigentlich alles soll, und wer der Typ mit dem Kringel um den Kopf ist: »Oh, den kenne ich. Besucht gelegentlich einen Patienten von mir, sitzt lange am Bett… MfS.« Dass das MfS damals überall dabei war, ist ja nun wahrhaftig keine bestürzend neue Erkenntnis.

Das habe ich auch Bodo gesagt. Er hat bei den Sachen seines Vaters später eine ganze Mappe mit Bildern des Mannes gefunden – er nennt ihn Besucher Null – immer dasselbe Gesicht, immer schön rot eingekreist. Auf der Rückseite ist notiert, wann und wo das Bild aufgenommen wurde. Montagsdemos, Stürmung der Normannenstraße, Grenzübergänge Waltersdorfer Chaussee und Bornholmer Straße, 40. Jahrestag der DDR (B. Null zwei Meter hinter Gorbatschow), Strauß und Schalck-Golodkowski (und in dessen Entourage B. Null). Ganz junger Kerl. Bodo meint, er müsse eine Art Schüler von Pat. Null sein. Von dem hatte Jean übrigens keine Fotos, nicht mal Pat. Null im Wachkomazentrum, schon gar nicht Pat. Null und Helmut Schmidt oder Pat. Null und Willy Brandt oder Pat. Null und sein Mentor, der geheimnisvolle Suggestologe Stefan Zweigs und Autor der

Urfassung, Vater aller schwarzkünstelnden Medien und Beeinflusser und Weltversander. Fotos hatte Jean nur von der 3. Generation, von B. Null, sagt Bodo, der schon in Buch (laut Bodo laut Jean) jede zweite Schicht übernommen haben soll. »Ganz verloren« habe der immer dagesessen und geschnieft, bevor er eingeschlafen sei, aber anders als die anderen Besucher, sagt Bodo. B. Null habe geschlafen wie ein Kind, nicht so unruhig und stöhnend wie die anderen. Nun ja. Also, Überraschung! Die Stasi war dabei. Bodo bestürzt, feurig. Zählt mir Fotos auf, noch und noch. B. Null hier und B. Null dort. Er will noch weitere Bilder gefunden haben, zusätzlich zu den Fotos aus Onkel Jeans Mappe. Demnach hat B. Null seit den späten 80ern die halbe Weltgeschichte manipuliert. Wer weiß, was die beiden ersten Generationen, Pat. Null und Urvater X., da alles angerichtet haben! Nachher haben sie noch die Elbe-Oder-Wasserscheide verschoben...

Ich hätte ihn stoppen müssen, ja. Bodo in seinem Lauf... Was genau soll B. Null denn da gemacht haben? Mit Schwarzkunst und beschwörender Übernahme des Willens soll er sich gegen die Maueröffnung gestemmt haben? Da kann es mit seiner Wirkmacht ja nicht weit her gewesen sein. Was für ein Schwachsinn. Wenn er überhaupt was anderes gemacht haben soll, als was das MfS so eben gemacht hat (Leute drangsalieren und überall herumlungern), dann muss er doch wohl, statt die Grenzöffnung vergeblich zu verhindern, sie im Gegenteil herbeigeführt haben, oder? Das wäre für mich zwar wenig schmeichelhaft, dass erst ein B. Null kommen und von mir besitzergreifen musste, um mich zum Tritt gegen das Tor zu bestimmen, aber es passt immerhin: Erst Waltersdorfer, dann, zwei Stunden später,

Bornholmer. Ist ja ne gehörige Wegstrecke von da nach dort. Endlich mal ´ne Erklärung für die zwei Stunden Verzögerung zwischen der ersten und der zweiten Grenzöffnung. Und so interessant, nicht wahr? Mal was anderes als das übliche ›finstere Mächte bewirken Böses‹ oder in diesem Fall ›Finstere Mächte scheitern kläglich mit ihren bösen Absichten, weil sie an den Falschen geraten sind, Benedict vom Walde‹. Nun, ich sitze also da und erwäge dieses und anderes, aber ich war nicht schnell genug, um einzuhaken. Entweder man überlegt sich was, oder man hält sich sprungbereit. Bodo war schon längst ganz woanders, zurück bei Onkel Jean und seinen Studien über die Schachnovelle, und dann bin ich ihm eben da reingegrätscht. Dieses Springen und Setzen die ganze Zeit… zu viel Fußball, zu wenig Rhetorikunterricht: »Editionsgeschichte, Textvergleich, wie ist er eigentlich auf sowas gekommen? Da war er ja nun total auf dem Holzweg!«

Bodo erstaunt. »Holzweg, wieso?« Verstand er nicht.

»Na, aber nach allem, was Du mir bisher über diese geheimnisvolle Urfassung erzählt hast, ist das ja ein völlig anderes Buch als die Schachnovelle. Was soll es da bringen, die einzelnen Ausgaben der Schachnovelle miteinander zu vergleichen? Hier ist ein Halbsatz umgestellt, dort ein anderer Ausdruck gewählt worden…«

»Genau. Das sind Spuren. Hinweise.«

»Stinknormale Lektoratsarbeit. Inhaltlich ändert sich gar nichts…«

»Das scheint nur so.«

»…und das ganze Literaturstudium ist dann ja auch ergebnislos im Sande verlaufen.«

»Woher willst Du das wissen?«

»Weil ich das damals für ihn erledigt habe.«

»Du?« Bodo betroffen.

»Ja. Halbes Jahr nach der Grenzöffnung kam er an, da war ich gerade frisch an der Freien Universität eingeschrieben…«

»Deine Bude bei den Amerikanern da unten… irgendwann war ich mal da. Habe nie verstanden, warum Du ausgerechnet dahingezogen bist. Alle anderen haben damals in Mitte gewohnt…«

»Onkel Toms Hütte. Schön grün, viel Abstand zur Familie, nahe dran an der FU, groß und billig. Ist eigentlich sehr einfach zu verstehen.«

»Tja. Immerhin passt es. Das war ja die Zeit, als Papa… Jean plötzlich anfing, sich in den Büchern zu vergraben. Wahrscheinlich hat ihn das Foto von Dir und B. Null so verrücktgemacht, dass er die ganze Geschichte noch mal anders angehen musste; von hinten aufrollen. Und da kam er also bei Dir an – das wusste ich nicht – und hat was von Dir gewollt?«

»Dass ich ihm die Mühe abnehme. Hat mich dafür bezahlt, dass ich ein bisschen über die Schachnovelle forsche, Ausgaben vergleiche, Satz für Satz, Wort für Wort; über Stefan Zweigs Zeit in Brasilien recherchiere, besonders über die Fahrt dorthin: London, New York, Buenos Aires, Rio de Janeiro, Petrópolis. Kam mir ganz recht, etwas Taschengeld, und die Arbeit konnte ich gleich fürs Studium verwerten. Bloß langweilig war's. Ergebnislos. Ich hatte ja auch keine Ahnung, worum es Jean ging.«

»Da hätte ich mir das alles sparen können!« Bodo verärgert, hat all die Bücher umsonst gelesen – da ich sie ja schon gelesen hatte! Oh Zeiten, oh Sitten. Bodo vergrämt. »Aber woher hätte ich das wissen sollen? Und Du lässt mich hier schön ins Messer laufen und weißt längst alles?«

»Eben nicht. Überhaupt gar nichts weiß ich. Dein Vater hat nichts dazu gesagt. Es interessiert ihn, hat er gesagt. ›Soso‹, habe ich mir gedacht, ›will wohl mal wieder ein Libretto schreiben, der liebe Onkel Jean.‹ Dass so ein Lebensdrama dahintersteckt... oder soll ich Weltenbrand sagen?«

Lebensdrama, Weltenbrand... Du machst Dir keine Vorstellung! Ich habe sogar begleitend gegrinst, damit Bodo auch mitbekommt, dass ich mich über ihn lustig mache. Hat er aber nicht, fand die Worte sogar gut gewählt, denke ich: »Lebensdrama, ja...« Und nickte versonnen. Bodo, nachdenklich. »Der ganze Sand hier in Deinem Teppich... war ich das?«

Du oder ich oder Julchen oder ein Wildschwein – dranbleiben, Bodo, dachte ich und habe ihm einen Schlag versetzt: »Das Buch da im Schrank, die Schachnovelle... Das ist noch das Exemplar, das Onkel Jean mir damals mitgebracht hat. Die anderen habe ich irgendwann entsorgt oder musste sie zurückgeben.«

Und da hat er einen Satz gemacht! Hochgerissen haben ihn seine zwo strammen Beine, aus dem Sessel geschleudert und vor den Bücherschrank geworfen, und sein Gesicht dazu! Dies Altherrengesicht, Autoritätengesicht, überfordert, ängstlich, gierig, und das alles ohne eigentliche Mimik. Noch so ein geheimer Zauber: Ausdruck ohne Ausdruck. Ganz reglos, leer und nackt war das Gesicht, glatt, ebenmäßig, wohlproportioniert – und irgendwie entstellt. Kein bisschen Bodo darin, das ganze Gesicht nur noch Bann des Buches. Sehe ich auch so aus, wenn ich ´ne dunkle Wolke sehe und sie auswringen will?

Er sprang zum Schrank, griff sich kurzerhand meinen altväterlichen Fußschemel (über den Du immer stolperst, wenn Du betrunken hier rumgeisterst) und schmiss ihn in die Glastür, langte das Buch raus – »Die ist von Jean?« – und blätterte: »Anstreichungen! Das ist sie. Anstreichungen.«

»Tut mir leid, Bodo, die sind von mir.«

Hat er gar nicht gehört. »Anstreichungen«, ließ sich in den Sessel fallen und blätterte wild vor und zurück. Bodo, abgemeldet. Da hatte ich also in bisschen Zeit: Handfeger und Müllschippe, Hammer, die verbliebenen Scherben aus der Tür geschlagen, aufgefegt.

Pause. Die hat Bodo gutgetan, hat sich gesammelt, geprüft, ob ich ihn vielleicht anlüge, und irgendwie verwunden, dass die Anstreichungen nur von mir waren. Keine Anzeichen von Reue wegen der Glastür. Und ich habe erstmal Essen gemacht, Julchen kam ja aus der Schule. Bei Tisch war er ganz aufgeräumt und hat durchaus unterhaltsam von Jeans Brasilienfahrt berichtet – und von seiner eigenen, 20 Jahre später. Julchen mag ihn, er strahlt Ruhe und Handlungsfähigkeit aus, wenn er still ist. Sie will jetzt auch nach Brasilien – wenn sie groß ist und allein fahren kann. Ich bewege mich hier nicht weg, das weiß sie. Mal sehen, ob es so etwas wie Brasilien noch gibt, wenn sie so weit ist.

Jean, sagt Bodo, ist damals nach Buenos Aires geflogen und von dort auf einem Frachter mitgefahren. Man fragt sich wirklich, was den Leuten im Kopf rumgeht. Hat er Stefan Zweigs Brasilienfahrt nachgespielt? Hat er die Schachnovelle nachgespielt? Was soll diese ganze Nachspielerei? Ein erwachsener Mann und ehemaliger Arzt der Staatsführung! Was hat er sich davon versprochen? Die Urfassung, sagt Bodo, diesmal mit Gewalt. Als könnten nachgespielte Umstände... ach, was rede ich! Natürlich war es wieder nichts: Keine übersinnliche

Einflüsterung in der Frachterkabine, keine Erkenntnis-
verzückung, niemand führt ihm die Hand… Wenigstens
war es ein Abenteuer. Jeans Brasilienfahrt – Legende.
Vom Frachter war allerdings nie die Rede, nur von der
Autofahrt. Was hat er geschwärmt! Von Rio aus hoch in
die Berge nach Petrópolis. Kennst Du noch das Foto?
Onkel Jean auf der Motorhaube einer Corvette, die
Arme verschränkt, noch kaum vermindert… muss er
mit Selbstauslöser gemacht haben, oder er hat jemanden
angequatscht… auf Lateinisch vermutlich.

Die ganze Brasilienfahrt war für uns ja immer nur Teil
der Heldenlegende: Ein Mann sucht sich selbst, lässt die
Familie im Wald zurück und erobert die weite Welt,
Dreh- und Angelpunkt der Lebensgeschichte. Danach
startet er mit der zweiten Karriere durch, jetzt ernsthaft:
Arzt der Staatsführung, das ist Geschichte, jetzt kommt
der Gründer, der Konzernchef mit dem Großklinikum…
Einsamkeit des Mannes auf See, wilde Jagd in der Corvette durch die Berge, und schon ist der Mann wieder
Mann. Bodo sagt, Jean habe damals den Sohn der Haushälterin aufgetrieben, jener Haushälterin, die das Ehe-
paar Zweig tot im Bett gefunden hat, Schlafmittel. Tod
aus Verdruss über die Heimatlosigkeit des Nazivertrie-
benen. Anno 42, so geht die Geschichte. Aber Jean hatte
Gelegenheit – man ahnt es schon – sich die Geschichte
auf andere Art zusammenzureimen, und weil es dem
Mann zur Zierde gereicht, wenn er die verheimlichte,
verborgene Wahrheit ans Licht bringt und die Lüge ent-
larvt, hat Jean gleich einen Riesenbetrag für das Stefan-
Zweig-Museum dort gestiftet; dass sie das Erbe bewah-
ren und vor allem die geheime Geschichte im Geheimen… oder wie auch immer. Vielleicht wollte er auch
einfach nur seinen Daumenabdruck hinterlassen. Die

Sache mit der Spende hat Bodo gelegentlich seiner eigenen Brasilienfahrt entdeckt, die war nicht Teil der Heldengeschichte. Warum eigentlich nicht? War die Summe so hoch, dass es zu Hause Ärger gegeben hätte? Ruiniert hat sie ihn jedenfalls nicht, sagt Bodo. Er weiß auch nicht. Immerhin hat er auch was entdeckt.

Seine eigene Brasilienfahrt war ja eher beschaulich, hat die Kinder mitgenommen, ist mit einem Kreuzfahrtschiff rumgefahren (Bodo, Bodo, und die Emissionen der Schiffsdiesel?) und hat auch keine Corvette gemietet, sondern einen VW. Reicht allemal für einen Abstecher in die Berge.

Da ist mir Onkel Jean doch lieber, der hatte wenigstens Sinn für die Inszenierung. Er hat (Jean, sagt Bodo) entdeckt – oder will entdeckt haben – dass Zweig sich das Leben nicht aus Verdruss über diese ganze Herumzieherei und Heimatlosigkeit genommen habe, wie allgemein angenommen wird – nicht zuletzt, weil es genauso in seinem Abschiedsbrief steht. Oh nein. Was ist schon so ein Abschiedsbrief? Den kann man fälschen, oder der Schreiber ist besessen und nicht Herr seiner Hand und Worte, und schließlich kann man ihn einfach so oder so lesen. So ein Abschiedsbrief ficht einen Onkel Jean nicht an, Bodo auch nicht. Im Gegenteil, er ist voller Hinweise! Ist da nicht von »besonderen Kräften« die Rede, die er (Zweig) nicht mehr habe, von Erschöpfung und davon, in »aufrechter Haltung ein Leben abzuschließen, dem geistige Arbeit« immer das Höchste war usw. usf.? Ganz klar, oder? Müdigkeit, keine geistige Arbeit mehr möglich… Schlafkrankheit, jawoll. Zweig hat die Symptome erkannt, sagt Bodo (mit Jean), und er wollte nicht, Mann des Geistes, der er war, im Wachkoma enden: Apallisches Syndrom, Stupor, Mist. Oder

Lähmungen, Demenz, auch Mist. Beweis: Der Abschiedsbrief. Was so ein rechter Wahrheitsfreund ist (wie Jean, wie Bodo), dem reicht so ein Beweis. Und dann gibt es ja noch den ersten Teil des Briefes! Da singt er sein Preislied Brasiliens (und klingt fast wie Onkel Jean): Herrliches Land! Und diese Lebensfreude! Es könnte so schön sein, in Brasilien zu leben... Von wegen Depressionen. Und so ein schönes Haus in den Bergen! Wer bringt sich denn da um! Mit Schlafmitteln! Das ist doch auch wieder so ein Hinweis für Eingeweihte, für Wahrheitsfreunde.

Für Grobiane wie mich gibt es noch einen weiteren Beweis, und der – Achtung jetzt – zeugt von besonderer Feinheit, beinahe Durchtriebenheit im Argumentieren: Was, fragt Bodo, ist denn mit Charlotte Zweig? »Hat sich das mal jemand gefragt?« – fragt Bodo, rhetorisch, denn er, Bodo, hat es sich gefragt und diesen unumstößlichen Beweis entdeckt: »Hat sie sich das Leben genommen, weil sich das so schickt für ein treues Weib, dass sie dem Mann in den Tod folgt und nicht alleine wandelt auf dem Erdenrund?« Bodo melodramatisch. Dann wurde er sarkastisch und bewies anhand seines eigenen Schicksals – Frau weggelaufen, weil er so ein Karrierist und Langweiler ist, autoritär, doof – dass keine Frau so etwas freiwillig tun würde. Entwarnung also, Bodo ist kein Feminist, sondern misogyn, dass es nur so staubt. Immerhin hat er auch was rausgekriegt: Lotte Zweig hatte ebenfalls die Schlafkrankheit.

Ich glaube, dass er da was durcheinanderbringt, denn nach allem, was Bodo und Jean über die geheimnisvolle Schlafkrankheit glauben herausgefunden zu haben, bekommt man sie nicht wie einen Schnupfen, sondern wie eine Eingebung. Da könnte sich Lotte Zweig nur angesteckt haben, indem sie, als Stefan Zweigs Sekretärin, es ohnehin gewohnt war, sich in Zweigs Oberstübchen… sagen wir… aufzuhalten? Wie auch immer. Und hier noch der dritte und endgültige Beweis: Bodo sagt, Jean sagt, der Sohn der Haushälterin habe gesagt, seine Mutter habe gesagt, die Zweigs seien Schlafwandler gewesen, sie hätten gerne und ausgiebig Mittagsschlaf gemacht und seien mittagsschlafend im Haus gewandelt. Wahrscheinlich haben sie dabei auch noch wirr geredet, aber die Haushälterin konnte kein Deutsch, weshalb uns die wirren Reden der Zweigs leider nicht über den Sohn der Haushälterin, Onkel Jean und Vetter Bodo angezeigt werden konnten. Ist ja auch wurscht.

»Und…«, Bodo hebt den Zeigefinger und dehnt die Pause nach dem Und ins Unerträgliche, »als man die Zweigs auffand, war das Bett, auf dem sie lagen, völlig eingesandet.«

Sand im Bett? Da wird Julchen hellhörig. »Sand? Wieso denn Sand?«

»Sand«, sagt Bodo und pustet sich über die Handfläche.

Mir ist der Kragen geplatzt. »Hör mit dem Scheißsand auf, wenigstens vor dem unschuldigen Kind.« Das hat Julchen nur noch neugieriger gemacht. Sie liebt es, wenn ich laut werde. »Was ist mit dem Scheißsand, Onkel Bodo?«

Also fragt die Unschuld, und das Verhängnis antwortet ihr: »Er rieselt. Alles versandet, alles. Und das müssen wir stoppen.«

»Papa und Du?« Bodo nickt stumm und bedeutsam.

»Gut.« Und ist zufrieden raufgegangen, also habe ich mir Bodo vorgenommen: Ob er sich nicht vorstellen kann, den Sand mit der Dürre in Verbindung zu bringen, die uns jetzt schon… weißt Du noch, wann es losging mit der Dürre? Ob er sich das mal in absoluten Zahlen beim Wetterdienst anschauen will; ob er sich mal die herrlichen Dürregrafiken ansehen will, die dieses Helmholtz-Zentrum – Du weißt schon – Umweltdings – herausbringt… wunderbare Grafiken im herbstlichen Farbraum von gelb bis braun: ungewöhnliche Dürre, schwerste Dürre, extreme Dürre, existenzielle Dürre…

»Kenne ich«, sagt Bodo sorgenvoll (zu triumphieren versagt er sich ja seit eh und je, so kennen wir ihn), »ist Dir die furchtbare Trockenheit leicht nördlich von Berlin aufgefallen, hier am Rand des Barnims? Auf den Grafiken kann man es gut erkennen. Die Trockenheit hat die Form einer ausgefransten Windrose, genau wie bei Jeans Grab. Der Mittelpunkt liegt etwa hier – oder drüben beim Wachkomazentrum, das ist nicht genau zu erkennen bei der geringen Auflösung, mit der uns die Daten vorgesetzt werden.«

»Du erzählst Geschichten, Bodo«, habe ich gesagt, »wir gehen ins Arbeitszimmer und sehen uns die Sache an, jetzt gleich. Willst Du? Windrose! Du hast Dir das komplett ausgedacht!«

Bodo winkt ab. Was liegt schon daran? »Nur so nebenbei, wegen des Sandes.« Er meinte den im Bett der Zweigs, glaube ich. »Den hat man uns verschwiegen«, sagt Bodo und senkt sorgenvoll den Blick.

Ich frage mich, wer uns ist. Ich frage mich, wer man ist. Ich frage mich, warum? Ich frage mich, wer uns den Sand nicht verschwiegen hat – der Sohn der Haushälterin wieder? Bodo erteilt keinerlei Auskunft auf diese Fragen. Bodo sagt: »Völlig versandet, und nirgendwo liest man davon. Es ist völlig unbekannt. Das spricht

doch Bände.« Ich wollte, er spräche Bände. Ich wollte…
schon gut.

»Darum brauchen wir ja die Urfassung«, sagt Bodo,
»sonst bekommen wir nie heraus, was dahintersteckt.«
So schließt sich sein magischer Kreis.

Ich hoffe, Du hast inzwischen nicht eigens die Schachnovelle nochmal gelesen. Davon hatte ich ja Weihnachten schon abgeraten, aber wie ich Dich kenne… Es
kommt nicht darauf an. Im Westen war das Schullek-
türe, das zeigt schon, wie mittelmäßig das Buch ist. Man
steckt sich nur an. Eigentlich sollte man gar nichts darüber wissen, jedenfalls reicht es, sich Folgendes zu ver-
gegenwärtigen: Es geht um einen Kerl, den die Nazis in
einen ihrer Nazikerker geworfen haben, und um die Fol-
ter der Isolation zu überleben, beginnt er, in Gedanken
Schach gegen sich selbst zu spielen. Das freilich tut er
obsessiv, und um keine der beiden gegnerischen Par-
teien zu benachteiligen oder zu bevorzugen, etwa durch
wie unabsichtlich unbedacht ausgeführte Züge oder Informationen über die Strategien der Gegenseite – sozusagen aus erster Hand – spaltet er sich in zwei völlig gegeneinander   abgeschottete   Persönlichkeiten   auf.
Schwarz-Ich und Weiß-Ich. Diese multiplen Persönlichkeiten gegeneinander abzugrenzen, ohne sie zu ver-
wechseln, ist so aufreibend, dass der Mann durchdreht.
Später in Freiheit fährt er Dampfer und verblüfft durch
seine Schachspielkunst. Prompt erleidet er einen Rückfall. Das ist alles.

Bodo sagt: »Das ist alles, was wir haben. Wenn man
den Zusammenhang mit der Urfassung versteht, kann
man die Urfassung rekonstruieren.« Wenigstens irgendwie oder ein bisschen was davon oder so – sagt Bodo;
sagt Jean. Klingt eigentlich ganz einfach, finde ich, aber

weil Onkel Jean daran gescheitert ist und sich vermindert hat, bis er nicht mehr da war, glaubt Bodo, das sei alles furchtbar schwierig.

Die einzigen Hinweise, sagt er, die auf den »Zusammenhang« deuten, sind die Korrekturen, die Zweig kurz vor seinem Tod am Text noch vorgenommen hat. Da konnte es Zweig ja, sagt Bodo, nicht darum gehen, eine lasche Erzählung ein bisschen besser zu machen. Um seinen Ruf als Schriftsteller, sagt Bodo, ging es ihm so kurz vor dem Tod nicht mehr – sonst hätte er sich auch nicht für alberne Auftragsarbeiten wie sein albernes Buch über das herrliche Brasilien hergegeben, welches ihm die wohlwollende Duldung dort erwirkte, die für Juden im herrlichen Brasilien mit seinem antisemitischen Regime damals eine große Ausnahme war. Nein, sagt Bodo, es ging nicht um die übliche Lektoratsarbeit, wenn Zweig sich die Schachnovelle noch einmal vornahm, über ein Jahr nach der Niederschrift, es ging darum, dass die Schachnovelle nicht das vornehm langweilige Buch ist, das sie zu sein vorgibt. In Wahrheit ist sie ein grauenerregendes, ein furchtbares Buch, nämlich erstens wegen ihrer Entstehung, die einer Vergewaltigung Zweigs gleichkommt, einer parasitären Besitzergreifung seines Geistes, und zweitens, weil sie so etwas ist wie die glänzende, elegante Außenseite eines anderen Buches, das grauenerregend und furchtbar ist – die Urfassung. Ich nehme an, dass die Urfassung außerdem noch ziemlich versandet ist, aber dies nur im Geheimen.

Also – Bodo sagte tatsächlich also, wie es unsereiner tut, wenn er eine Schlussfolgerung zieht – also ging es Zweig darum, der Nachwelt einen Schlüssel für die Urfassung zu überliefern – als Chiffre in der Schachnovelle. Es sei ja verräterisch, sagt Bodo (mit Jean, nehme ich an), dass Zweig die Schachnovelle in drei Tagen auf dem Dampfer runtergeschrieben und sie dann über ein Jahr lang nicht mehr angefasst habe. Hat sie einfach liegenlassen! Natürlich wollte ich wissen, wie er darauf kommt – dass die Schachnovelle auf der Dampferfahrt runtergeschrieben wurde – ob das aus Briefen hervorgehe oder dergleichen. Vielleicht hat Jean da ja etwas gefunden...? Antwort: »Briefe können wahr oder falsch sein.« Vielmehr: »Es muss ja so sein«, weil es anders nicht sein kann.

Nur noch der Form halber habe ich ihn daran erinnert, dass es keine Chiffre gibt. Bodo sagt, es könne doch sein, dass ich die Chiffre gefunden habe, ohne es zu bemerken. Wie gesagt: Kann ja sein, dass es sein kann...

In der Schachnovelle – Bodo unwirsch, weil ich ihm die Beweiserei immer mit dummen Fragen madig mache – spielt sich die Handlung auch auf einem Dampfer ab. Genau das sei die Chiffre: Ähnlichkeit. Anklang. Nun aber dieses Jahr Pause! Was hat es damit auf sich? Bodo mit aufgerissenen Augen: Traumatisierung! Der ist traumatisiert – Zweig natürlich. Er ist traumatisiert von der Schachnovelle, genauer – von der Art und Weise, wie sie entstanden ist. Eigentlich ist sie nämlich gar nicht von ihm. Eigentlich ist sie von jemand anderem. Die Entstehung von Schachnovelle und Urfassung, meint Bodo, sei eine so grauenerregende, verstörende und zersetzende Erfahrung gewesen, dass Zweig sich vor der Schachnovelle – zu recht, wie die Schlaferkrankung beweist – gefürchtet hat. Die Krankheit hat ihn ja erst so richtig erwischt, als er sich an die Korrektur der Schachnovelle gemacht hat. Er hat sie ein Jahr liegen lassen, alles war noch so frisch, so schmerzhaft... bloß nicht daran rühren.

Du siehst es ja selbst. Man möchte immer nur stammeln: Aber… Moment mal… Momentchen… Aber es geht immer weiter, atemlos weiter mit dem Wahn. Der Aberglaube erwürgt uns, ehe uns der Sand nur an die Knöchel reicht.

Stefan Zweig ist es ergangen, wie es Onkel Jean ergangen ist, sagt Bodo.

Pause, wirken lassen. Ich soll mich erstaunen. Dann holt Bodo aus: »Genau wie beim Träumen«, sagt er und trägt vor, wie es sich mit dem Träumen verhält, knapp, unverständlich, keinen Widerspruch duldend, den Patienten (mich) fest im Blick. So muss er sein, wenn er Visite macht: Bodo professoral, er hat seine Habilitation nicht versemmelt, er nicht. Erst, sagt er, ist man ganz überwältigt von der majestätischen Lichte und Wahrheit der Träume und steht gebannt, gefesselt, wie gelähmt davor. Aber was vom Träumen bleibt, ist nicht der Traum. Es bleibt nur die Erinnerung an seine Außenseite, an den Bann, das Licht, die Wahrheit. Das Innere verschließt sich und erlischt. Es scheint sich noch zu zeigen in der Außensicht, bleibt angedeutet, zeigt sich wie ein Abglanz, etwas, das noch da ist, was man langen kann, doch langt man dann, langt man ins Nichts. Und nach und nach erlischt, verblasst auch die Erinnerung, im Bann der lichten Wahrheit, ohnmächtig, geschaut zu haben. Was Onkel Jean für unmöglich gehalten hatte, so überpräsent diese Urfassung in seiner Vorstellung saß – sie war weg. Was Zweig für unmöglich gehalten hatte, so überwältigend die geistige Notzüchtigung, aus der die Urfassung entstanden war – sie war weg. Also hat er sich an den Abglanz gehalten, die Schachnovelle, und versucht, die Spur der Urfassung darin zu finden. Das hat ihn das Leben gekostet, sagt Bodo: Das hat ihn das

Leben gekostet. Ihn. Setze für Ihn, wen Du willst: Zweig, Onkel Jean, Pat. Null... Es läuft auf eins hinaus. Es kostet das Leben – jeden. Alle.

Um nun doch wieder den Versuch zu machen und etwas Struktur in diesem Gemenge zu wahren: Die Erläuterungen zum Traum, heruntergeleiert im Stil einer Patienteninformation (»Die Schädelöffnung erfolgt seitlich, um das Implantat positionieren zu können...«), sollten, glaube ich, der Beweis sein, dass Zweig die Schachnovelle binnen dreier Tage in seiner Dampferkabine heruntergeschrieben hat: Er hat sie geträumt. Es war ein Angsttraum, und er hätte nicht gedacht, dass er diesen Angsttraum jemals vergessen könnte, aber übers Jahr stellt er fest: Au weia – doch vergessen. Also drei Tage, Zweig in der Dampferkabine. Aber nicht nur er allein.

Bodo, mit Bedeutung: »Aber er war nicht allein.«

Das geht nun wieder direkt aus der Schachnovelle hervor, die man, wenn es nach Bodo geht, gar nicht aufmerksam genug lesen kann. Ich frage mich, was er eigentlich mit seiner Chiffre will, die man erst auffinden muss, bevor man die Urfassung – äh – »rekonstruieren« kann, wenn doch alles so offen zu Tage liegt wie ein Biberbau im trockenen Flussbett. Wahrscheinlich würde er sagen (Bodo oder wer auch immer): Aber dennoch muss man ein Biber sein, um hineinzuklettern, und man kann den Bau nicht einfach auseinandernehmen, um zu wissen, wie es ist, drinnen zu sein. Ein Biber – oder eine Ratte, möchte ich der Vollständigkeit halber hinzufügen. Aber ich will Dich nicht damit plagen, was Bodo noch so alles imstande sein könnte zu faseln, es reicht völlig zu hören, was er tatsächlich gefaselt hat.

Er spielt auf dem Dampfer ja nicht gegen sich selbst Schach, sagt Bodo, nämlich der Kerl aus der Schachnovelle. Er spielt dort nicht gegen sich selbst, so wie er angeblich im Nazikerker gegen sich selbst gespielt hat, sondern gegen den Schachweltmeister, der zum Glück auch an Bord ist. Der Schachweltmeister wird beschrieben wie irgendein hergelaufener Nazilümmel: Junger, dummer Egoist, aus irgendeinem Rattenloch gekrochen, einer kotigen Pfütze (die wäre dann inzwischen säuberlich versandet, füge ich an), und mit dieser einen Spezialbegabung versehen, im Übrigen ungehobelt, ungebildet, verstockt und gierig. Warum sollte man da einen Rückfall erleiden!

Bodo rhetorisch. Kunstpause, bohrender Blick: Er spaltet sich ja nicht in Schwarz-Ich und Weiß-Ich, oder? Er muss ja nur den Pinsel gegenüber schlagen, diesen Weltmeister, und sich ganz normal halt ein bisschen was überlegen, was der Mensch vorhaben könnte. Von sowas wird ja niemand wahnsinnig. Es sei denn…

Kunstpause, bohrender Blick: Ob ich schon etwas ahne? Nein, Bodo, ich ahne nichts, absolut gar nichts, fahre nur fort.

Bodo fährt fort.

…es sei denn, er hat im Kerker gar nicht gegen sich selbst Schach gespielt, nicht in der Urfassung, und das Spiel gegen sich selbst – in der Schachnovelle – ist nur die Spur der Urfassung: Was von der Urfassung übrigblieb. Wie überhaupt die ganze Schachspielerei der Schachnovelle nur Spur und Ahnung ist und Abglanz der Urfassung, eine hilflose Metapher für etwas ganz Anderes, Fundamentales, Entsetzliches…

Und jetzt wird es krude. Ich glaube, Du bist angemessen vorbereitet, sei aber dennoch nicht allzu enttäuscht.

Das ist bei Spukgeschichten immer so: Man wartet und wartet auf das Grauen, das Unbeschreibliche, die Spannung steigt, es rieselt, sandet, und dann folgt eine unfassbare Banalität. Schachspiel, Aufspaltung, Schwarz-Ich und Weiß-Ich – das alles steht in Wahrheit (also in der Urfassung) für die »Subjektverschiebung«. Klar, dass Bodo ein Wort dafür hat, oder? Vermutlich hatte es schon Onkel Jean.

»Stell Dir vor«, sagt Bodo, »er hätte die Züge seines Gegners nicht nur vorhergesehen – wie jeder gute Schachspieler – sondern bestimmt! Bestimmt!«. Bodo erregt, ich darf ihn jetzt auf gar keinen Fall missverstehen, daher erfolgen noch einige Beifügungen: »Nicht im Sinne von ›aufgezwungen›... dass also dem Gegner nichts anderes übrigblieb, sondern als Eingebung...«

»Wie bitte«, frage ich Bodo, jetzt ehrlich entgeistert, »es geht um Telepathie? Ich dachte es die ganze Zeit schon, wollte Dich aber nicht beleidigen... Telepathie? Pat. Null, B. Null, Erzvater X, die ganze Riege... Telepathen? Der Suggestologe und die Telepathen? Ist nicht Dein Ernst...«

»Telepathie!« Bodo verächtlich. »Ach wo, das ist doch Spiritismus. Nein, es geht doch nicht ums Gläserrücken. Denk an Parkinson, an Multiple Sklerose. Es ist eine Art entzündlicher Prozess.«

»Dann helfen sicher Antibiotika.«

Und stell Dir vor – das hat ihm ein Schmunzeln entlockt, und die entsetzliche Last dieser ganzen Geschichte wurde ihm für ein Augenblickchen leichter. Das ist die lindernde Kraft des harmlosen Einwurfs. Wirkt leider nur symptomatisch.

Nun also, jetzt ist es raus. Telepathie... Ich bleibe dabei, denn ich halte wenig davon, irgendwelchen geheimen demyelinisierenden Kräften das Wort zu reden. Die Urfassung ist die Geschichte – die wahre Geschichte, versteht sich – von Erzvater X, dem Telepathen der Nazis. Wenn man über die Chiffre verfügt, kann man sie aus der Schachnovelle »herauslesen«, sagt Bodo, und dann – Überraschung – passt alles zusammen, und die Spur der Urfassung in der Schachnovelle »zeigt sich von selbst«. Ich weiß nicht, was das heißen soll. Vielleicht leuchten die Worte auf oder so...

Bodo konzentriert: »Jean sagt«, sagt er, »die Urfassung ist wie ein bald vergessener Traum.«

»Gut«, sage ich, »das passt. Ein Traum. Sag´ ich ja die ganze Zeit.« Kleine paradoxe Intervention von mir. Irritiert immer, hilft nie. Bodo, konsterniert: »Du? Wieso Du? Egal, jetzt hör´ zu.« Es bereitet ihm sichtlich Schwierigkeiten, seinen Stoff zu bändigen und gedanklich zu fassen.

Wenn die Spur des Traums so nicht mehr aufzufinden ist, sagt er also, muss man von der anderen Seite her denken: Angenommen, dass Erzvater X die und die Fähigkeit besaß – also... da ist wieder dieses Also... wie war dann wohl seine Geschichte? Und dann erkennt man auch die Spur in der Schachnovelle wieder, den Abglanz.

Ich fasse zusammen: Die Spur erkennt man nur, wenn man sich etwas ausdenkt, das passen könnte; wenn man das dann glaubt und, wie vom Donner gerührt, bemerkt: Huch, das passt ja genau! Das muss die Spur sein, die Spur, das Andere im Einen! Schachnovelle lesen, Urfassung ausdenken, Schachnovelle nochmal lesen, staunen. Die Spur leuchtet auf. »Echt, Bodo? Allen Ernstes?«

Bodo, verwundert: »Natürlich. Es passt ja alles.«

Und nach einer kurzen Pause, achselzuckend, wie unvermittelt: »Aber wie unfassbar ist der Tod?« Bodo faselt. Das macht die Anstrengung. Da ich kein Suggestologe bin, habe ich ihn beim Kragen gepackt und ein bisschen gerüttelt: »Nicht faseln, Bodo, bleib bei mir. Der Kerl aus dem Nazikerker hat also nicht gegen den Weltmeister gespielt, sondern gegen sich selbst, richtig? Per Telepathie.«

»Subjektverschiebung.«

»Blabla. Und warum steht das nicht so im Text? Da wird einfach nur Schach gespielt.«

»Das ist eben die Spur, der Abglanz! Das sage ich doch die ganze Zeit! Zweig wusste es selbst nicht mehr. Er wusste es nicht besser. Man muss es herauslesen. Hör mir doch zu!« Bodo, wütend. Unmut der Verzweiflung. »Darum wird der Häftling doch so wütend beim Schachspiel, so ungeduldig, so rasend: Er gibt dem Weltmeister die Züge vor – er gibt sie ihm ein – aber der braucht einfach so furchtbar lange, bis er sich zu dem Zug entscheidet, zu dem er sich entscheiden muss. Das steht nicht in der Macht des Häftlings. Er kann dem Weltmeister seine Gedanken eingeben, aber denken muss der sie selber, und das dauert so lange, wie es eben dauert. Auf das Gehirn, auf das Substrat des Denkens, hat er keinen Einfluss. Das ist ja alles keine Magie. Darum strengt ihn das Spiel so an, dass er am Ende aufgeben muss. Steht alles da, man muss es nur erkennen…«

Bodo furios. Für erkennen setze ausdenken. Ich befürchte übrigens, dass ich an dem Schlamassel ein bisschen mitschuldig bin. Ich habe nämlich Onkel Jean damals darauf aufmerksam gemacht, dass das Ende der Schachnovelle unschlüssig ist; dass die Raserei des Häftlings im Spiel gegen den Weltmeister eine ganz andere

Raserei ist als im Spiel gegen sich selbst, weil sie sich nicht auf den nächsten Zug des Gegners richtet, sondern nur auf die Dauer bis zu seinem Eintreten. Sei´s drum.

Nach seiner Brasilienfahrt war Onkel Jean also vornehmlich damit beschäftigt, sich die Urfassung auszudenken. Er hat sein Klinikum aus dem Sand gestemmt, und wenn er mal einen Augenblick Muße hatte oder den Kopf frei haben wollte, hat er seine Chefzimmertür zugesperrt, das Fenster aufgemacht, hat Donizetti, Rossini, Puccini in den Wäldern und auf den Wandelwegen der Kranken erschallen lassen, Verdi, Vivaldi, und hat sich Sachen für die Urfassung überlegt. Dann leuchtete die Spur. Und wenn sie nicht leuchtete, ist er runter zu Pat. Null ans Krankenbett, diesem heißgelaufenen Telepathen, dem er im Wirrwarr seiner Stimmen mit reinster Affirmation den Rest gegeben hat (»Ja, né?«), und hoffte darauf, dass in seiner Gegenwart noch einmal irgendwas aufblitzt, eine klitzekleine Eingebung, irgendwelche historischen Schnappschüsse vielleicht, die für einen Augenblick mit ihrem Abglanz sein Gehirn erhellen; etwas wie die Bilder, die er sammelte, von B. Null bei der Maueröffnung, B. Null und Gorbatschow und so weiter. Und langsam, langsam, ganz langsam fing er an, sich zu vermindern, zu versanden. Tja.

Denn in gewissen Details, sagt Bodo, musste die Urfassung unklar bleiben; Details, die aus der Schachnovelle nicht direkt hervorgehen. Bodo sagt: »Details, die nicht am Text verifizierbar sind«. Und er macht Andeutungen, was aus der Schachnovelle nicht verifizierbar ist, und wofür Jean, am Bett von Pat. Null meditierend, offenbar Bildübertragungen gebraucht hätte: Erzvater X beim Aushandeln des Münchener Abkommens,

Erzvater X steigt hinter Rudolf Heß in die Messerschmitt nach England…

Im Grunde ist das unwichtig. Es hätte vielleicht der Fasslichkeit gedient, wenn man wüsste, was Erzvater X als Telepath der Nazis so alles gedreht hat. Aber die wesentlichen Elemente der Geschichte, sagt Bodo (im Gefolge seines Vaters), lassen sich aus der Urfassung ableiten…äh, nein, aus der Schachnovelle, oder? Jetzt geht es bei mir auch schon los.

Was zum Beispiel, sagt Bodo, ist der Kerl aus der Schachnovelle, der Gespaltene, der frühere Häftling von Beruf? Anwalt. Die Nazis wollten Informationen aus ihm herauspressen, wo seine Mandanten Gelder verborgen haben. Wofür steht das, fragt Bodo, fragt Jean? Mit Geld kann man Dinge bewegen. Naheliegender Gedanke für einen Mann, der ein Großklinikum aus dem Sand stemmt. Was also wollten die Nazis mit dem Telepathen? Dinge bewegen, klar: Den Lauf der Dinge ändern, Menschen beeinflussen. Nach dem Schema geht es munter weiter. Wofür steht die Isolationshaft, die in der Schachnovelle beschrieben wird? Der Häftling schmachtet ja nicht im Konzentrationslager, er befindet sich in einem durchaus behaglichen Zimmer, bloß eben so isoliert, dass er durchdreht und sich aufspaltet. Wofür steht das? Bodos Frage konnte ich jetzt schon selbst fast richtig beantworten, stell Dir vor: Die Isolation steht für die Subjektverschiebung, für den Zustand der telepathischen Besitzergreifung: Wenn der Erzvater sich aufmacht, um der Andere im Anderen zu werden; wenn er jemandem ins Ohr kriecht, um ihn zu irgendwas zu drängen, ihm irgendwas einzugeben – immer im Auftrag der Nazis – dann isoliert er sich, er isoliert sich von sich selbst im Anderen, in seinem Opfer, dem er sich aufmutzt.

Soweit war ich schon ganz gut, aber Bodo meint, die Isolation stehe noch für etwas Anderes, ein Zweites. Da weicht er von seiner Methode ab, oder von Jeans Methode – sowas schmeckt mir nicht, aber je. Auch der Erzvater, sagt Bodo, wurde isoliert gehalten... wenn er gerade nicht in Verwendung war, nehme ich an... einfach weil er gefährlich war. Man fürchtete ihn, es gab ja kein Mittel gegen die Besessenheit, die konnte jeden erwischen, und der zog sich dann die Schlafkrankheit zu. Das war ja das eigentliche Übel. Versehentlich, in Zuwiderhandlung des Befehls, aber ohne eigenes Verschulden zum Beispiel den Erzvater freilassen, weil von ihm besessen und genötigt – entschuldbar, aber die Schlafkrankheit kennt kein Pardon. Folglich musste der Erzvater isoliert werden, solange er nicht gerade Chamberlain auf den Pelz rückte und ihm suggerierte, dass die Nazis das Sudetenland ruhig haben sollten. Wie gesagt, das finde ich ein bisschen billig. Isolation steht für Isolation? Wo bleibt da das Geheimnis, wo gähnt da der Abgrund? Vom Leuchten der Spur erwarte ich mir mehr.

Aber Onkel Jean fand Gefallen an der Idee. Daraus ging ja hervor, dass der Erzvater selbst kein Nazi war. Er wurde zwar nicht regelrecht gefangen gehalten, aber er war auch keiner von ihnen, der frech und frei unter seinen Komplizen wandelte. Seine Gefährlichkeit erhellt aus dem Wahnsinn des Gefangenen in der Schachnovelle, der am Ende tätlich gegen seine Wärter wird, woraufhin die eine Krankschreibung ihres Häftlings akzeptieren und ihn ziehen lassen. Nazis lassen einen ziehen, den sie in der Mangel haben? Weil er sie gehauen hat? Das konnte man Onkel Jean nicht weismachen. Das kann man Bodo nicht weismachen. Sie haben ihn gehen lassen, weil er für sie gefährlich war, und weil sie ihn nicht mehr brauchten. Steht auch in der Schachnovelle: Man brauchte ihn nicht mehr. Erzvater X war nicht mehr gefragt, weil die Zeit der Diplomatie vorbei war. Im Krieg kann ein einzelner Telepath wenig ausrichten, und wie gefährlich es ist, einen ganzen Stab von Telepathen loszulassen, hatte der erste Weltkrieg ja gezeigt.

Bleibt die Frage, warum der Erzvater kein Nazi gewesen sein soll? Ich fände das ganz charmant. Und es schließt ja nicht aus, dass sein Schüler und Nachfolger für den Sozialismus kämpft – oder der Schüler seines Schülers, falls es ein fehlendes, uns noch unbekanntes Zwischenglied in der Dynastie der Meistertelepathen gegeben haben sollte, wie Onkel Jean glaubte, jemanden zwischen dem Erzvater und Pat. Null – Jean nannte ihn den »Mann aus Wunsiedel«.

Bodo mit dem Finger auf der Nase: »Wenn er Nazi gewesen wäre, warum hätte er dann auf dem Schiff sein sollen?« Jetzt will er mich haben.

Ich, mit dem Finger auf der Nase: »Wer? Der Erzvater oder der Anwalt?«

Bodo, triumphierend: »Beide!«

Dann holt er wieder aus. Man muss nur richtig kombinieren, dann passt alles zusammen: Der Erzvater war weder Nazi noch Widerstandskämpfer, bloß jemand, der es gewohnt ist, benutzt zu werden, und der nicht anders kann, als es geschehen zu lassen. Man muss sich diese Telepathen, sagt Bodo, als willenlose Werkzeuge vorstellen, die ihre Fähigkeiten einsetzen, wie man es von ihnen verlangt. Eigene Pläne verfolgen? Können sie gar nicht, sagt Bodo, denn die Natur liebt das Gleichgewicht, und wem sie ein Talent verleiht, dem nimmt sie zugleich auch etwas fort: strategische Intelligenz, hungrigen Willen, Phantasie. Erzvater X ist naiv, beschränkt, ohne stumpf zu sein, willfährig, unglücklich. Er ringt sich zu der Erkenntnis durch, dass die ständige Isolation für ihn nicht zuträglich ist. Hier müsste man aufrichtigerweise nachhaken, welche Isolation gemeint ist. Bodo hat ja gleich zwei Varianten als Leuchten der Spur ausgegeben: Die Isolation des Telepathen in seinem Opfer und das Verschmachten des Telepathen unter Verschluss. Ich gebe zu, dass ich schon längst nicht mehr pfiffig genug war, Bodo diese Frage vorzulegen. Vielleicht hatte ich auch nur keine Lust auf seine Antwort: Beides.

Der Erzvater wollte also raus. Und jetzt kommt Rudolf Heß. Du wirst inzwischen auch so weichgekocht sein, dass Du nicht viel dabei findest, wenn plötzlich Rudolf Heß auftaucht, in Person: Der Suggestologe des Führers und erste Gewährsmann des Führermythos: »Ja, né, mein Führer?« Der war... ja, genau, weil es passt... der Führer des Telepathen. Der hat ihn eingesetzt, sagt Bodo, und dann hat Erzvater X halt ihn eingesetzt, hat ihn sich ins Flugzeug setzen lassen, Messerschmitt Bf 110, ist miteingestiegen, und ab nach England. Flugzeug zerschellt, Heß verhaftet, Telepath entlaufen. Die erste Geheimwaffe – weg. Und Heß kratzte sich am Kinn, starrte die Engländer mit seinen dunklen Suggestologenaugen an und wusste auch nicht, was er in England wollte. Was folgte, war die Aktion der Nazis gegen Geheimlehren und Okkultisten: ›Sonderaktion Heß‹, hunderte Verhaftungen und so weiter. Einige der Verhafteten wurden von den Nazis später rehabilitiert, weil sie glaubhaft machen konnten, dass sie mit ihren Pendeln nicht nur in Kontakt zur Geisterwelt treten, sondern auch alliierte Schiffe orten könnten. Da war der Erzvater längst unterwegs nach Argentinien.

Und wo ist die Spur? Jetzt komm schon, Bruder, Du hast die Schachnovelle doch längst nochmal gelesen, gegen meinen Rat… Du sitzt da unten im Süden der Stadt zwischen vertrockneten Wäldern und verlandenden Seen, starrst auf das Totholz am Ufer, die Ringelnattern im Wasser, und versuchst, die Nerven zu behalten. Du siehst doch das Leuchten: Der Arzt ist die Spur! Der Arzt.

Was wäre das für eine absurde Geschichte: Der Anwalt bekommt einen Tobsuchtsanfall, geht auf die Wärter los, Delirium… oh, da holt man den Arzt, nicht wahr? Der erweist sich als freundlich, entgegenkommend (Ja, né?) und schreibt ein Attest. Haftunfähig. Sache erledigt, den Nazis ein Schnippchen geschlagen, Häftling fährt Dampfer. Ha, ha. Der Arzt ist Heß. Der Arzt ist der Mann, der ihn immer wieder aus der Isolation holt und in die Isolation schickt. Und wer, der in der Hand der Nazis ist, erlaubt sich einen Tobsuchtsanfall? Das steht für etwas ganz anderes. Der Erzvater hat sich in der Isolation in Isolation begeben, aus Spaß; zum Zeitvertreib. Da die Wärter ihn nur warteten, aber nicht mit ihm redeten, hat er sie halt reden lassen! Wozu ist man Telepath? Guten Tag auch, wie ist das Wetter, die Weltlage, das werte Befinden? Weitere Biltzsiege? Aha, so, ja. Nun sind Wärter bekanntlich brutale und abgestumpfte Leute, Nazischergen zumal. Gewalttätig, aggressiv, schlicht. Das trommelte alles auf den Erzvater ein, sagt Bodo. Das vermieste ihm sein unschuldiges kleines Vergnügen. Irgendwo, sagt Bodo, muss jemand ja bleiben bei der Subjektverschiebung. Irgendwo muss einer ja bleiben, der besessen ist. Wo bleibt denn sein eigenes

Denken? Sein Selbst? Das wird ja nicht gestaucht und zur Seite gedrängt wie das Hirngewebe vom Tumor; wie das Gedärm in der Schwangerschaft. Oh nein, sagt Bodo. Über was man sich alles Gedanken manchen kann...

»Die Subjektverschiebung erfolgt reziprok«, sagt Bodo (Visitentonfall). Der Telepath, sage ich, sendet seine Signale aus, dafür empfängt er die seines Opfers. Das sind die vielen Stimmen von Pat. Null, nebenbei. Der Telepath ist nicht nur Eindringling, er ist auch Wirt. Hat die Natur das so eingerichtet, die herrenlose Seelen nicht liebt? Ist das der Horror vacui, in Wahrheit? Die Angst der Natur vor in der Leere herumirrenden Seelen Besessener? Wie auch immer.

Der Erzvater also lässt die Wärter zu sich sprechen, um seine Isolation zu lindern, aber damit setzt er sich ihrer Bosheit, ihrer Rohheit und Brutalität aus. Und die Rohheit und Brutalität der Wärter ist es, die ihn – in der Verschiebung – auf die Wärter losgehen lässt. Eigentlich stürzen sie sich auf sich selbst bzw. stürzen den Erzvater auf sich selbst, während der Erzvater bei ihnen ist und sie freundliche Worte an sich richten lässt. Da sieht man denn auch gleich, wohin es führt, wenn ein Telepath mal auf eigene Rechnung arbeitet. Na, zum Glück kommt Rudolf Heß mit dunkel verschattetem Auge und holt ihn da raus.

Bodo erschöpft. Bodo brütet, nüchtert aus. Schnaps will er nicht mehr. Selber schuld, wer den Pegel nicht hält... Aber auf die Pointe komme ich jetzt auch ohne ihn: Die Schachnovelle ist gar nicht von Zweig. Die Urfassung ist von Zweig. Die Schachnovelle ist von Erzvater X. Sie ist der Widerhall der Urfassung, das Traumbild, das er sieht, während ihm der Erzvater die

Urfassung eingibt, treulich niedergeschrieben vom Erz-vater. Das Medium bittet zum Diktat.

Bodo schreitet ein. War mir gar nicht bewusst, dass ich gesprochen hatte… »Nein, nein, Unsinn! Beides ist von Zweig, Novelle und Urfassung, und in gewissen Sinne ist beides nicht von ihm… Welcher Autor ist denn Autor seiner Werke? Da ist immer auch ein anderer…«

Bodos Pfennigsweisheiten. Na, soll mir recht sein. Je-denfalls sitzen da zwei Herren unter Deck, schweigend an getrennten Tischen, und hämmern drei Tage lang o-der einen Tag lang (mit zwei Tagen Vorspiel) wortlos in ihre Reiseschreibmaschinen. Oder nein, einer schrieb wohl von Hand, warum sollte Zweig mit zwei Schreib-maschinen reisen? Oder schrieben beide von Hand, und die Schreibmaschine gehörte Zweigs Frau? Leise ist es, tief im Rumpf dröhnt und stampft die Maschine, zwei Federn eilen über das Papier, gute weiche Federn. Man hört ihr Kratzen kaum. Die Schachnovelle. Die Urfas-sung. Am Ende steht der Erzvater auf, nimmt die Urfas-sung an sich und lässt Zweig die Schachnovelle zurück, und sobald Zweig wieder bei Sinnen ist, pustet der den Sand vom Papier, schließt das Manuskript weg und wagt sich ein Jahr lang nicht dran.

Nur eins will ich nicht einsehen: Wozu brauchte der Erzvater eigentlich Stefan Zweig? Warum schreibt er seine Geschichte nicht einfach selbst auf?

Bodo sagt: Er brauchte Zweig gar nicht. Er hatte gar nicht vor, seine Geschichte aufzuschreiben. Er wäre dazu auch nicht in der Lage gewesen. Insofern brauchte er Zweig nun wiederum. Subjektverschiebung, sagt Bodo, ist ja ein Denken im Anderen, auf anderer materi-eller Grundlage, ein Denken im fremden Gehirn. Sub-jektverschiebung ist keine Gehirnverschiebung, sagt

Bodo. Und es ist immer noch das Hirn, das Gedanken hervorbringt. Sie schweben nicht herum wie Lichter über Natterköpfen, sie sind nichts als Muster, Erregungsmuster in den Nerven. Da kamen dem Erzvater die besonderen Fähigkeiten Zweigs durchaus zugute. Zweigs Gehirn war ein sehr geeignetes Substrat, um eine Urfassung hervorzubringen. Es war ja geradezu daraufhin angelegt, Urfassungen zu schaffen, es schrie danach, sagt Bodo. Zweigs Hirn hat die Urfassung nicht nur begünstigt, sagt Bodo, es hat geradezu danach verlangt, dem Erzvater die Urfassung abzutrotzen, es hat sie ihm abgesaugt wie ein Schröpfkopf. Ohne Zweig hätte er seinen Stoff, seine Geschichte gar nicht ordnen können, hätte sie nicht fasslich gliedern und mit gutem Ausdruck, lesbar, zu Papier bringen können. Es wäre ein assoziatives Geschwätz gewesen, zusammenhanglos, sprunghaft, nachlässig in der Form – ganz so, mit einem Wort, wie das Zeug, das ich Dir hier abliefere. Erzvater X ist an Zweig geraten, und mit Zweig ist ihm seine Geschichte zur Urfassung geraten. Aber er hat ihn nicht gebraucht, denn er hatte nicht vor, seine Geschichte niederzulegen. Er ist da hineingeraten. Er ist auf dem Dampfer an diesen Stefan Zweig geraten, und dann nahm die Sache ihren Lauf – alles analog zum Schachspiel auf dem Dampfer nach Argentinien.

Der Erzvater wusste nichts von diesem Stefan Zweig. So ein Telepath der Nazis ist ja kein gebildeter Mann, der ist irgendwo hervorgekrochen mit seiner Gabe. Es hieß bloß, dieser Herr sei ein Schriftsteller, ein berühmter gar, ein Exilant auf der Suche nach einem Ort, wo man ihn in Frieden lässt. Das raunte man sich zu. Dem Erzvater war's gleichgültig, sagt Bodo. Ein Schriftsteller, schön. Der Erzvater stellte sich an die Reling und spähte nach Land. Und da stellte sich Zweig zu ihm. Er trag an ihn heran, wie man sagt, stellte sich vor, erheischte seinerseits Auskunft, war interessiert. Man kennt solche Leute. Man lässt sie stehen. Diese Aufdrängerei ist die Pest. Wer will schon jemanden kennenlernen! Aber Zweig war penetrant. Er war aufdringlich und klebrig, kam immer wieder an, jedesmal vertraulicher, jedesmal eindringlicher, familiärer. Er wollte wissen, wer dieser Mann war. Er wollte wissen, was es mit ihm auf sich hatte. Er wollte seine Geschichte, und er hatte seine eigene Art, in Menschen zu dringen, umständlicher, umwegiger, aber machtvoll. Am Ende ließ der Erzvater es zu: Die Abwehr brach zusammen, die Schleusen gingen auf. Bodo sagt: Der Erzvater dekompensierte. Zweig schrieb. Der Erzvater schrieb, was Zweig träumte. Zweig ordnete, was ihm eingegeben war. Für Erzvater X muss es wie eine Erweckung gewesen sein, als er sah, wie sich sein Schicksal, sein wirres Ergehen, verwirrtes Geschehen wie von Zauberhand ordnete, wie alles der Zufälligkeit enthoben und ins Zweckvolle gewendet wurde, und wie Bestimmung wurde, was er zuvor nur gelitten hatte. Er hatte einen Deuter, und er hatte die Deutung. Die Urfassung. Tief im Rumpf dröhnte die Maschine.

Gut vierzig Jahre später saß Onkel Jean im Keller in Buch, im tiefen Gewölbe, und empfing eben diese Urfassung, die Deutung, denn für ihn war sie bestimmt, den Suggestologen, der die Schachnovelle las, Wort für Wort, und die Urfassung vernahm (oder sah oder empfand), Wort für Wort, wie sie vom Erzvater an seinen Nachfolger weitergegeben worden war und von ihm an Pat. Null, und wie sie Pat. Null an B. Null weitergegeben hatte… Und Onkel Jean ging heim in die Waldsiedlung und verstand nicht, was ihm da widerfahren war, und verstand es immer weniger, je mehr er die Deutung in äußeren Dingen aufsuchte. Er holte Pat. Null zu sich und stampfte um ihn herum die Klinik aus dem Sand, zog und zerrte die Deutung ans Licht: Jean, der Fußballspieler, Kartenspieler, Phrasendrescher und Suggestologe, der die professionelle Wandlung beherrschte und den Leuten die Sorgen ablauschte. Und den Empfang quittierte er forsch-fröhlich mit seinem »Ja, né?« Jean, der die Suggestion verabreichte wie Medizin im Zucker, in der Bestätigung, Bekräftigung, im Einverständnis: Ja, né? Jean, der den Zirkel von Verständnis, Einverständnis und Gesundbeten erfunden hat und ein Meister darin war, ihn sich drehen zu lassen. Aber er verminderte sich, und um die Klinik herum stieg der Sand, und Pat. Null lag da in seiner weißen Nacht, im Stupor, nicht tot und nicht lebendig. Er alterte nicht mal.

Bodo fuhr dann ab. Genauer gesagt: Er versuchte abzufahren, saß aber im Sand fest. Versuch mal, mit einem Elektroschlitten im 2. Gang anzufahren... Ich habe ihn mit dem Truck rausgezogen, und er hat auch brav nochmal sein Witzchen vom Morgen gerissen: »Dass man diese Karren jetzt tatsächlich braucht, die uns das alles eingebrockt haben...« Und ich dachte beim Winken: Er glaubt das wirklich. Er glaubt, dass in Wahrheit Pat. Null uns das eingebrockt hat.

Und siehe da: Nach all der Verstiegenheit und familiären Exzentrik war der Abend schlicht friedlich und schön. Überhaupt haben wir oft schöne Abende, Jule und ich. Abends sind die Leute weg, die hier die letzte Idylle suchen, dann wird es schön, Libellen, Schmetterlinge, Fliegen- und Mückenschwärme, die im Abendlicht über das Röhricht taumeln... Dafür ist es noch zu früh im Jahr, aber der Vogelschlag ist schon sehr bemerklich. Ich saß also unten an der Briese auf einem Wurzelstock und vertiefte mich in die Stimmen, und die Kleine sprang mit dem Fotoapparat herum und versuchte, den Grünsprecht zu erwischen, der über uns hämmerte. Ein ziemlicher Eichelhäher hat sich blicken lassen. Julchen kam an und sagte, weiter vorn habe sie einen Bläuling gesehen, aber da muss sie sich getäuscht haben, das geht nicht an, viel zu früh im Jahr, selbst bei dem warmen Winter… Bei vielen Bildern hält sie einfach voll ins Gegenlicht: Das muss doch was werden, es sieht doch so schön aus… Na, das gibt sich noch.

Dann war sie müde, saß bei mir, und wir haben ihre Bilder angesehen. Paar nette Treffer dabei, wenn auch viel Gegenlicht. Abendsonne verführt. Das Schöne und Gute… erstmal draufhalten. Ans Bild kann sie denken, wenn sie oll ist. Warum Bodo eigentlich bei uns war, wollte sie wissen, und ich habe geantwortet, dass er immer noch sehr um seinen Vater trauert, aber nicht weiß, wie man das macht; dass er versuchen muss, mit ihm zu sprechen. Und ich habe ihr von Onkel Jean erzählt: Wie er stark war und kühn, und wie er zuletzt ganz eingefallen in diesem alten Wächterhäuschen saß, nach dem Verkauf der Klinik, und dort ab und zu Patienten empfing, aber vor allem mit dieser Geschichte von Pat. Null zurandezukommen sich mühte, die ihn sein halbes Leben lang umgetrieben hat; wie er Bilder sammelte, Bilder von bedeutenden Ereignissen, und wie er immer wieder aus dem Wächterhäuschen heraustrat, ein wahrhaftiger Schrat, die Tür abschloss, zur Klinik hinübertippelte, unsicher auf den Beinen, und sich ans Bett dieses besonderen, dieses einen bestimmten Patienten setzte. Denn er hoffte, dass es diesem halbtoten Mann dennoch gelingen könnte… nun ja… ihm etwas zu verstehen zu geben. »Denn Onkel Jean glaubte«, habe ich ihr gesagt, »der Mann könnte in die Gedanken anderer Menschen eindringen. Ein Telepath.«

»Aber Papa«, sagt Jule, ehrlich empört (und unwillkürlich zückt sie den Fotoapparat), »wie konnte Onkel Jean denn sowas glauben!«

Und da, Thomas, in dieser abendlichen Idylle mit meinem Kind (nachdem die Idyllentouristen alle heim nach Berlin sind und vor Bildschirmen liegen); da habe ich mir gedacht: Ich darf das Kind doch nicht nur stumpf vor dem Aberglauben behüten, sondern sie muss auch offen für die Wunder sein, für wahre Wunder wie Bläulinge im Februar und noch so vieles mehr. Und ich habe ihr von Wundern berichtet, und wie die Natur immerzu darauf sinnt, neue Wunder zu erzeugen; wie sie heute dies und morgen das probiert, einfach ausprobiert und sieht, ob es gut ist; und wie sie immer wieder eben auch besondere Menschen hervorbringt, Menschen, die unglaubliches können: Menschen mit fotografischer Wahrnehmung, Gedächtnisriesen, Zahlenkünstler und Synästheten, denen Wärme braun erscheint und süß der Sand, und die einen Lufthauch wie Worte erleben und wie ein Gedicht voll Weichheit und Liebe. Aber solche Menschen werden von anderen wie krank und vermindert wahrgenommen, weil die Natur ihnen nicht nur gegeben, sondern auch genommen hat. Meistens verstehen wir nicht und sind nicht behutsam genug im Schauen. Wunder zu schaffen, ist ein heikles Geschäft, und verantworten kann es überhaupt nur ein Universal. Also raunte ich dem Kind von Dingen, die die Vernunft ersinnt, und die es dennoch wirklich gibt. Rüstzeug.

Was ich Dir nicht erzählt habe… Bodo meinte das zwischendrin irgendwann… oh ja, es sind diese wie zusammenhanglos eingestreuten und gleich wieder verschluckten Unwahrheiten, die mich so aufbringen… Bodo meinte, man kenne das ja aus der Vererbungslehre, »ein Phänomen«, sagte er, »das eigentlich unmöglich sein müsste… müsste!« Zweites müsste mit erhobenem Zeigefinger und vielsagendem Blick: »Man vererbt seinen Kindern Eigenschaften, die man selbst im Laufe des Lebens erst erworben hat.« Hervorhebungen nach Bodos fuchtelndem Zeigefinger. Was er weder sagt noch fuchtelt: Was für ein uralter Schmarren das ist, für den noch nie jemand auch nur Anhaltspunkte nennen konnte, der aber doch immer wieder aufgewärmt wird. Aluhüte. Verschwörung. Wenn sowas möglich ist, sagt Bodo (lies: Etwas, von dem man uns weismachen will, dass es unmöglich sei), dann ist noch ganz Anderes möglich; dann kann Subjektverschiebung auch zu einer Art geistiger Ansteckung führen und sich im Vollbild zur Schlafkrankheit entwickeln. Da ist er wieder: Bodos entzündlicher Prozess. Bodo glaubt, dass viele Menschen die Anlagen besitzen, Telepathen zu werden, aber diese Anlagen zu entwickeln, lernen sie nur, wenn sie angeleitet werden, von einem, der es kann. Alle anderen – Normalsterbliche – stecken sich an, wenn sie so einer Gedankenschleuder in die Arme laufen. Damit wären Telepathen dann so eine Mischung aus Druiden, Freimaurern, Autisten und Brunnenvergiftern, wenn ich es recht verstehe. Schönes Konzept, eigentlich.

Wo sind denn eigentlich die ganzen Schlafkranken abgeblieben? War das nicht mal eine Epidemie? Bodo sagt: Es gibt sie immer noch, man diagnostiziert bloß anders. Man habe das damals nicht verstanden und vorläufig, versuchsweise mal ein Syndrom beschrieben: Schlafkrankheit. Ein paar Leute hätten davon gesprochen, andere nicht. Vom medizinischen Standpunkt aus habe sich das nicht bewährt. Alles zu unklar, brachte zu viele zu verschiedene Symptome in Zusammenhang. Hat sich nicht durchgesetzt. Hätte die Schlafkrankheit (das Schlafsyndrom?) es in den Katalog der offiziell zulässigen Diagnosen schaffen sollen, sagt Bodo, hätte man eine überzufällig häufig auftretende mögliche Ursache benennen müssen – und schweigt vielsagend. Das Weitere muss ich mir gefälligst selber denken, also: Überzufällig häufig auftretende mögliche Ursache des Schlafsyndroms… überzufällig häufig auftretende mögliche Ursache… hm, was mag das sein… Subjektverschiebung? Aha, wirklich, ja. In der Tat.

Ich sage Dir, was ich denke. So einen wie Pat. Null würde man heute in eine dieser Einrichtungen fürs kleine Glück stecken: Hatte seiner Lebtage nur Leute um sich, die ihm irgendwas aufgetragen haben – wirke, mach und tu, gib ein und jäte aus, manipulier mir den und den – ja gut, ja gut. Ein Mensch wie bekifft, der's Gnadenbrot verdient hat, sei er nun Ahasverus oder Nostradamus oder Loki der Zankredner. Schließt ihn weg und gebt ihm Frieden. Hat Onkel Jean eigentlich ganz richtig gemacht. Das war sein verdammter Instinkt: MfS? Hat das MfS damit zu schaffen? Scheiße, MfS! Weißt Du noch, was er zur Wiedervereinigung sagte, betrunken und hellsichtig? »Das war das MfS. Denkt an meine Worte, Jungs. Das war das beschissene MfS.«

Worte für die Ewigkeit. Ich hab das damals bloß so hingenommen. Onkel Jeans Denksprüche, Hauptsache launig, Hauptsache markig. Soll es was besagen?

Schwerlich. Ist halt Onkel Jean. Das sehe ich jetzt anders. Immerhin das hat Bodo bei mir erreicht: Ich denke anders über die Worte seines Vaters: »Lasst Euch das nicht einreden, Jungs: Wir wären von der BRD übernommen worden. Das ist zum Schein. Wir haben uns der BRD eingeimpft. Wir haben ihr den Kammerton der DDR aufgezeigt.« Da dachte er schon an das Foto von der Grenzöffnung: B. Null und ich, der Türöffner. Wir waren das. Totale Deprivation, Hospitalismus, Kitsch und Kleinlichkeit. Despotischer Alltag: Entlarven, entlarven... Wir waren eine hochelitäre Gesellschaft unter der Bedingung völliger Nivellierung. Wir sind eine hochelitäre Gesellschaft unter der Bedingung völliger Nivellierung. Kammerton A. Die Systeme wechseln, der Ton klingt hell und rein. Und alle stimmen ein... Kein sonderlich kühner Gedanke. Ich war damals wohl zu unschuldig, um ihn richtig zu nehmen: Onkel Jean und so ein Bulldozergedanke? Niemals. Von wegen. Bodo aber zuckt die Schultern und sagt: »Eben rechtzeitig. Was könnte geeigneter sein als Despotie, um den Untergang noch abzuwenden?«

Und das nach all dem Zeug, das er mir aufgebunden hat. Habe ihm gesagt, dass er mich nach einem solchen Tag nicht am Ende noch mit Weltanschauungskitsch malträtieren darf. Unwirsch. Aber Bodo merkt es nicht, wenn es genug ist. Er bleibt dabei. Er gibt sich stur: »Du«, sagt er, »Du hast doch die schönen Bücher weggeschlossen, das Subtile, Feine, damit Jule nicht drankommt. Du!«

Dazu tänzelt er vor der zerbrochenen Schranktür herum... fehlt nur noch, dass er singt! Die Gedanken sind frei, wer will sie verbieten... Er begreift es einfach nicht. Aber ich bin ja unermüdlich als Erzieher, also nochmal für doofe Vettern: Die Bücher waren im Schrank verschlossen, damit Jule ihn aufsperrt. Sie waren nicht verschlossen, damit Jule die Finger davonlässt. Und sie waren nicht weggeschlossen, damit Bodo Türen einrennen, Glas zerdeppern und sich aufspielen kann. Trampel. Ruiniert mir hier alles.

Und das… das hat er mir übelgenommen, glaube ich. Ach was, ich gehe sogar noch weiter: Deswegen, genau deswegen, aus keinem anderen Grund ist er nochmal wiedergekommen!

Paar Tage nach Silvester: Elektroauto im Sand, Bodo, herablassendes Grinsen. Gibt sich autoritär, hochfahrend. Gemacht. Inzwischen hat er sich dies und das überlegt, und das sitzt ihm jetzt so dicht hinter den Augen, dass er gleich damit herausrückt, noch ehe ich ihn hereingebeten habe: »Das mit der Glasscheibe letztes Mal«, sagt er, druckst kurz herum (für den Effekt), und dann: »Das war ich gar nicht. Das warst Du selbst.«

Da war ich perplex. Mir war ja durchaus nicht klar, worauf er hinauswill. Und er macht auch Brimbamborium davon: »Hast Du die Scheibe reparieren lassen?« Eine Antwort will er nicht, er will es selber sehen und rennt los: »Ha«, schreit er aus dem Arbeitszimmer, und nochmal: »Ha, ich wusste es! Nicht repariert. Immer noch kaputt. Du wolltest es so. Du wolltest, dass Jule die verbotenen Bücher durch die kaputte Scheibe hindurch nehmen muss. So eine zerbrochene Scheibe… das ist ja ein Fanal… Das wolltest Du so.«

Und ich habe leider überhaupt nicht verstanden, warum er sich so aufregte. »Ja, Bodo«, habe ich gesagt, begütigend, »aber sagte ich das nicht?«

»Nein«, ruft er (Bodo lebhaft agitiert), »Du hast Trampel zu mir gesagt. Als ob ich mir das selbst hätte einfallen lassen, die Scheibe kaputtzumachen. Hab´ ich aber nicht. Das warst Du! Du hast mich dazu vermocht. Du hast mich das geheißen. Damit ging es bei Dir los.«

Das war ich. Damit hat es angefangen – sagt Bodo. Alles, was danach kam – war ich. Dass Bodo mir einen geschlagenen Tag lang alles über die Schachnovelle, die Urfassung – oder Deutung oder wie auch immer – über Pat. Null und Konsorten, schließlich über Onkel Jean aufgetischt hat… das war ich. Ich bin in ihn gedrungen und habe sein Innerstes um- und umgedreht. Ich habe ihn ausgewrungen. Er wollte ja gar nicht von all dem anfangen. Er hatte ja einfach nur mal wieder auf den Friedhof gehen wollen. Aber dann kam ich.

Ich weiß, was Du sagen willst. Schon gut. Es drängt zur Beichte den Sünder, so wie einer hört. Spitzfindigkeiten. Wenn man auch sagen kann: »Ich wurde so geheißen, Du hast das getan« – warum sollte man dann noch sagen: »Ich musste mich mal aussprechen«? Es wird zusammenbrechen, sage ich Dir.

Bodo zieht ein Foto aus der Tasche und klatscht es mir auf den Tisch. Kartendreschergeste: Pique Dame, steht! Jean lässt schön grüßen. Das Bild zeigt Lotte – also, nicht Stefan Zweigs Lotte, sondern meine (meine vormalige) Lotte, Jules Mutter – neben einem mir unbekannten Mann – oder mit einem mir unbekannten Mann. Händchenhalten. Und ich dachte schon, dass Bodo wenigstens dazu taugt, mal über den Weltlauf zu reden, ohne dass Frauen vorkommen. Tja.

Aber Bodo zeigt auf den Mann, ist ganz außer sich: »Den kennst Du doch, was? Hättest Du nicht gedacht, was? Der und Lotte?«

Was? Was? Bodo, der Kläffer. Ich hatte schon so eine Ahnung, wollte mich aber nicht zum Erfüllungsgehilfen machen, also: »Wer soll das sein? Kenne ich nicht. Das Bild ist recht neu, oder? Jule kennt ihn bestimmt.«

Bodo hysterisch. »Kennst Du nicht! Kennst Du sehr wohl. Das ist der Besucher. Das ist B. Null. Ich habe das Bild bei Papas… Jeans Sachen gefunden. Neu kann es nicht sein, aber auch nicht älter als Jule… Das Bild war mir früher nie aufgefallen, weiß der Henker, warum. Hast Du noch Kontakt zu Deiner Ex?«

Was man so Kontakt nennt. Gemeinsames Sorgerecht. Was willst Du von mir? Bodo reibt sich die Augen, drückt den Handballen auf die Stirn, Migränegetue. »Lass das«, murmelt er, »lass das, Du fängst schon wieder damit an. Du kannst doch normal mit mir reden. Von Lotte will ich gar nichts. Ihn will ich, B. Null!«

Offenbar denkt er, dass ich wieder in ihn dringe. Sind das Halluzinationen? Kleiner psychotischer Schub? Vorsichtshalber – man weiß ja nie – halte ich meine Antwort formell, explizit, mit genauer Aussprache: »Bodo, wenn das B. Null ist, und wenn er bei Lotte ist – dann hat er sich zur Ruhe gesetzt. Die Frau ist vernagelt, da kommt er nicht rein. Lass ihn in Ruhe.«

Bodo denkt, dass ich Lotte schütze – oder B. Null: »Ich will ihm ja nichts Böses«, sagt er, »ich will die Urfassung.«

Bodo will die Urfassung. Aber ich will Jule, also werde ich ihrer Mutter wohl nicht gerade Bodo, den Telepathenjäger auf den Hals schicken, nicht wahr? Bodo nickt. Bodo gibt sich einsichtig. »Ja«, sagt er, »hast recht. Das kann ich nicht verlangen.«

Bodo, grübelnd. »Na gut… gut. Jean hat Dich das damals nicht gefragt, nehme ich an, aber ich muss Dich das fragen: Weißt Du noch, was er damals dachte? Damals am Grenzübergang, als er neben Dir stand… B. Null?«

Wenn Du Dich nun fragst, woher ich das wissen sollte… genau, ja. Mit Bodos Worten: »Komm schon, Telepathen finden sich. Ihr erkennt Euch! Wenn ihr aufeinandertrefft, gibt es doch Rückkopplungen. Telepathen träumen einander.« Bodo meint, als Normalsterblicher wäre ich längst hinüber, Schlafkrankheit, weiße Nacht, Stupor und apallisches Syndrom.

»Das hast Du schön gesagt«, habe ich geantwortet, »aber Du übersiehst eine Kleinigkeit. Ich bin kein Telepath. Ich glaub nicht an den Scheiß. Ich glaube anderen Scheiß. Ich glaube, dass Leute wie Du unser Verderben sind, und ich weiß nicht, wie ich das in Deinen würdig enthaarten Kopf kriege. Begreifst Du menschliche Rede noch? So, so, ja, ja?

»Verderben«, sagt Bodo, »Verderben, unser Verderben ist Pat. Null.«

Da war ich perplex. Nein, das war ich vorher schon… ich war schockiert. Was weiß ich. »Wie, der lebt noch?«

»Ja, was dachtest Du denn?« Bodo, perplex.

»Ich dachte«, sage ich, »wir sprächen von uralter, abgelebter Vergangenheit. Wieso lebt der denn immer noch?«

Bodo sagt: Weil er gut untergebracht ist; weil er hingebungsvoll gepflegt wird. Offiziell freilich gibt es ihn nicht, hat ihn nie gegeben. Er ist ein Deckname in irgendwelchen geschredderten Akten. Darum, sagt Bodo, ist Jean nicht reich geworden mit dem Verkauf der Klinik: Das Waldklinikum war belastet, Hypothek Pat. Null. Onkel Jean bestand darauf, dass es nach dem Verkauf, Pat. Null betreffend, bei seinen Verfügungen bliebe – solange Pat. Null lebt! Wer will sich schon einen geheimen Patienten Null in Zimmer 13 ans Bein binden; einen, der nicht nur keine Krankenversicherung hat, sondern nicht mal einen Namen? Er musste das Waldklinikum verschenken, um jemandem das Risiko schmackhaft zu machen. Und nun hat Bodo Pat. Null von seinem Vater geerbt, wobei er sich das Erbe erschlichen hat, daher der Krach zwischen ihnen, das Zerwürfnis: Bodo am Wachkomazentrum? Klar, da entdeckt er Papas Geheimnis. Da findet selbst Bodo heraus, wie sich Schachnovelle auf Pat. Null reimt. Onkel Jean wollte das alles mit ins Grab nehmen, der Suggestologe der Staatsführung. Gründlich gedemütigt. Aber Bodo hat dagegengehalten, so ist das, wenn man seine Kinder zu treulichen Kraftnaturen erziehen will. Bodo hat die Geschichte aus dem Boden gestampft, wo Jean am Ende nur noch den Sand rieseln lassen wollte. Unbeholfen, aber cool.

Er musste Onkel Jeans Maßnahmen nochmal modifizieren, sagt Bodo: Pat. Null noch besser in den Büchern verstecken, Pflege neu einteilen und so. »Man weiß hier nie, wer wer ist«, sagt er, »der Pförtner war früher im Wachregiment Feliks Dzierzynski, die Putzfrau weiß noch, wie sie bei Jean immer ausfegen musste... irgendwann kommt das zusammen.«

Bodo argwöhnisch. Verstohlen blickt er über seine Schulter... »Irgendwann kommt das zusammen«, sage ich, »Nazis, Stasi, Telepathie und Muster im Sand... bist Du sicher, dass Du das mit den Außerirdischen nicht vergessen hast? Oder soll ich das nicht wissen?«

Bodo stumm. Findet er nicht lustig.

»Was soll da zusammenkommen? Mal abgesehen von der Spur... nichts von dem Scheiß ist beweisbar. Was ist denn passiert? Man hat jemanden ins Wachkoma gefoltert. Das ist alles. Stasianekdote.«

Bodo sagt: »Papa… Jean hat gesagt… am Tag vor seinem Tod war das, am Telefon, er wollte unbedingt, dass ich das noch von ihm höre… Er hat gesagt: Pat. Null hat sich verabschiedet. Er ist reine Anschauung, regloses Staunen. Es ist kein Wachkoma, es ist eine Art Meditation. Er hat sich vom Herstellen von Gedanken verabschiedet, er hat sich vom Erleiden von Gedanken verabschiedet. Er schaut nur noch, er schaut und schaut. Er ist wie ein Loch in der Stundenuhr des sich immer umwendenden Geistes, und es rieselt und rieselt. Er ist das Loch im Gefüge.«

»Aha, deswegen der Sand«, habe ich gejubelt, »endlich verstehe ich…«

Bodo merkt nichts. Bodo nickt stumpf. »Geistige Verursachung«, murmelt er. Und dann, ganz leise, stimmlos, gar nicht zu vernehmen eigentlich: »Pat. Null muss gehen. Du musst Dich in ihn hineinversetzen. Du musst ihn abschalten.«

So, da hast Du es. Man muss ihn abschalten. Nicht die Apparate, das wäre gegen den hippokratischen Eid, sagt Bodo. Innerlich abschalten.

Überall im Haus ist Sand, Jule beschwert sich schon. Bodos glatte Ledersohlen, seine Arztschuhchen werden ihn nicht ins Haus getragen haben. Das Buch hier knirscht auch schon merklich.

Das ist alles.

Benedict

PS: Sehne mich nach Dir. Grund genug, zu Dir runter zu fahren, einmal ganz um die Stadt rum? Du zeigst mir Deine Schlangen, und wir wetzen betrunken die

Messer? Du weißt ja, wenn man betrunken die Messer wetzt… Sorge für Julchen.

Ich setze mich jetzt in den Truck, rüber nach Wandlitz. War lange nicht dort. Ich nehme die Strecke durch den Wald, parallel zur Autobahn, die alte Piste, auf die die Idyllensucher von ihren Navis manchmal geschickt werden, wenn die Autobahn dicht ist, und dann trauen sie sich kaum vorwärts, weil sie fürchten, mit den Spoilern aufzuschlagen. Wenn ihnen ein Truck mit Staubschleppe entgegenkommt, rammen sie ihre Autos vor Angst in den Sand.

Ich seh' ihn mir mal an. Pat. Null, meine ich, nicht den Sand. Julchen zuliebe.

Nochmals, B.